UNSTUCK - LOSGELÖST

Wie Frauen an
Widerständen wachsen

von Dr. Kasia Greco

1. Auflage 2015
2. Auflage 2021

© 2021, Kasia Greco
Herstellung und Verlag: BoD – Books on Demand, Norderstedt

ISBN: 9783754300268

Umschlaggestaltung und Bild: Kasia Greco

"Ich liebe es, ein junges Mädchen zu sehen, wie sie die Welt bei ihren Hörnern packt. Das Leben ist hart. Du musst da rausgehen und es allen zeigen."

Maya Angelou

Dieses Buch ist meiner geliebten Mama gewidmet.

Inhalt

Da Frauen in ihrem täglichen Leben ganz verschiedenen Herausforderungen und Situationen begegnen, soll dieses Buch die Essenz solcher Situationen in mehreren kurzen Kapiteln erfassen. Dadurch soll auch ermöglicht werden, das Buch in heiterer, unbeschwerter Weise zu lesen, wann immer Sie einige Zeit erübrigen können. Denn wir alle wissen, wie ausgelastet unsere Leben in dieser schnelllebigen Zeit geworden sind.

Einführung

Mein ganzes Leben lang stand ich auf der anderen Seite dieser Debatte. Ich war die Frau, die zaghaft überlegen lächelte, wenn mir eine andere Frau erzählte, dass sie sich entschieden hatte, eine Auszeit zu nehmen oder einen weniger schwierigen Berufspfad einzuschlagen, um mehr Zeit für ihre Familie zu haben. Ich war die Frau, die sich selbst für ihren unerschütterlichen Einsatz für die Sache des Feminismus gratulierte, die Frau die sich eingebildet mit ihren immer weniger werdenden Freundinnen aus dem College oder der Rechtsfakultät unterhielt, die den höchsten Rang ihres Berufes erreicht und behalten hatten. Ich war die, die jungen Frauen in meinen Vorlesungen sagte, dass man alles haben und alles erreichen kann, egal in welchem Bereich. Das bedeutet, dass auch ich – wenn auch unwissentlich – dazu beigetragen hatte, dass sich Millionen von Frauen selbst die Schuld geben, wenn sie es nicht schaffen, die Karriereleiter so schnell zu erklimmen, wie Männer und gleichzeitig noch eine Familie und ein Leben zuhause haben (und dazu noch schlank und schön sein sollen)."

Anne-Marie Slaughter: "Why women still can't have it all."

Auf ganz verschiedene Weise sind Frauen in der Arbeitswelt in einer Dilemmasituation. Obwohl sie gerne an den Optimismus glauben würden, der von Personen wie Sheryl Sandberg, der Autorin von *Lean In: Frauen und der Wille zum Erfolg*, verbreitet wird, fühlen sie sich allzu oft mehr, als hätten sie einen Schritt vorwärts und zwei zurück gemacht.

Sheryl Sandberg und ihre Anhänger scheinen die Lösung gefunden zu haben. Sie sind den Ausgleich von Zuhause und Arbeit angegangen und haben beide Bereiche gemeistert. Das Resultat ist, dass sich weniger selbstbewusste Frauen eingeschüchtert fühlen und in keinem der beiden Bereiche glücklich sind, weil sie sich nicht mit der Kombination aus

„Supermutter" und „ausgezeichneter Berufstätiger" messen können.

Viele identifizieren sich wahrscheinlich mehr mit dem oft gelesenen Artikel "Why Women Still Can't Have it All." von Annie-Marie Slaughter aus dem *Atlantic*-Magazin.

Keine der beiden liefert die perfekte Antwort. Jede Situation ist verschieden und jede von uns geht mit den Anforderungen unserer Zeit unterschiedlich um.

Frauen sind naturgemäß zwischen Zuhause und der Arbeit hin- und hergerissen. Die Medien, die Gesellschaft und unsere selbst auferlegten Verantwortungsgefühle geben uns das Gefühl, dass wir in jeder unserer Rollen perfekt sein müssen.

Frauen vollbringen unfassbare Leistungen. Es gibt Geschichten von alleinerziehenden Müttern, die mehrere Kinder morgens aufwecken, für die Schule vorbereiten, sie zu den Nachbarn schicken und dann mit dem Bus in die Arbeit hetzen. Frauen sind

12

mit Säuglingen im Schlepptau über Kontinente geflogen, um einen Geschäftstermin wahrzunehmen.

Schlafentzogene frischgebackene Mütter bringen es fertig, mit einer brillanten Powerpoint-Präsentation – und selbstgemachten Muffins - zu einem Termin aufzutauchen. Während sie diese Kunststücke vollziehen, fühlen sich die meisten Frauen, als ob sie immer etwas aufzuholen hätten.

Letztendlich geht es im Kampf der Frauen nicht wirklich ums Gewinnen oder Verlieren. Es geht mehr darum, wie Frauen ihre Karrieren planen, ihre Kinder großziehen und gemeinsam mit ihren Partnern darauf hinarbeiten, in den Bereichen Heim und Arbeit weiterzukommen. Autorinnen wie Sandberg teilen Frauen die Aufgaben zu, ihre Karriere in die eigene Hand zu nehmen, erfolgreich zu sein und gegen die Geschlechterstereotypen und die gläserne Decke anzukämpfen. Sie zeigen aber auch Verständnis für Frauen, die zwischen Mutterschaft und Karriere stehen.

Unstuck ist die Geschichte von sechs Frauen aus verschiedenen Orten in der USA, die durch ihre Umstände, Schicksale und Bedürfnisse zusammengebracht wurden. Zusammen beschäftigen sie sich mit Themen des Lebens, darunter dem Verlangen, als Mutter zuhause zu bleiben, dem Tod, Missbrauch, Sex vor der Ehe, Geschlechterfragen, Kreativität, Familienunterstützung und Zwänge in der Familie.

Durch die Unterstützung ihrer Adoptivfamilie gedeihen sie und beweisen damit den Wert von unerschütterlichem Willen, engagierten Mentoren, die an sie glauben, und der Solidarität von Frauen, die zusammenarbeiten und sich gegenseitig unterstützen, wenn es/ erforderlich ist.

Die Frauen, wie auch die Handlungen von *Unstuck* sind fiktiv. Doch die Probleme, vor denen sie stehen und die Strategien, die sie anwenden, sind Teil der Realität. Ich hoffe, dass ihre Geschichten Ihr Herz berühren und Sie anspornen, dass zu sein, was Sie sein können und wollen.

„Ich will es tun, weil ich es tun will. Frauen müssen Dinge probieren, so wie Männer sie probiert haben. Wenn sie dabei scheitern, so ist ihr Scheitern eine Herausforderung für andere."

Amelia Earhart

Kapitel Eins

Abschied von einem Mentor

„Der Grund, warum die Trennung so schmerzt, ist, weil unsere Seelen verbunden sind. Vielleicht waren sie das immer und werden es immer sein. Vielleicht haben wir vor diesem Leben schon tausend andere gelebt und in jedem davon haben wir einander gefunden. Und vielleicht wurden wir jedes Mal aus denselben Gründen wieder getrennt. Das bedeutet, dass dieser Abschied sowohl ein Abschied für die letzten zehntausend Jahre als auch ein Auftakt für das ist, was noch kommt."

Nicholas Sparks

"Wir wollen nicht alle dieselben Dinge. Wir kommen nicht alle vom selben Ort. Was wir alle als Frauen teilen, sind die Hürden und Mauern, die man überwinden muss, um dorthin zu kommen – wo immer dorthin ist", sagte Nina.

"Das sagst du", bemerkte Cathy. Ihre grünen Augen blitzten unter ihrem lockigen roten Haar hervor. "Du bist erst...20 oder so. Sehen wir mal, wie du denkst, wenn du die große 5 erreicht hast."

"Kommt schon, Mädels!", mahnte Sheila. Ihre ernsten grauen Augen wirkten unruhig. "Das ist Sarahs Gedenkfeier. Wir sind nicht hier, um herumzuphilosophieren. Wir sind hier, um Erinnerungen über Sarah auszutauschen. Das ist nicht die Zeit zum Streiten. Es ist die Zeit, in der wir feiern sollten, dass Sarahs fünf Freundinnen immer für sie da waren, obwohl sie sich selbst mit ihren eigenen Problemen abmühen mussten."

"Als ob die sich je mit etwas abmühen musste!", murrte Cathy. "Ihr Mann ist ein Chirurg der mehr als eine halbe Million im Jahr macht. Sie hat eine Menge bekommen, damit sie nicht verraten hat, warum sie ihn verlassen hat. Ihr kleines Inneneinrichtungsgeschäft boomt – nur dank der reichen Beziehungen ihres Mannes. Und jetzt hat sie auch noch die perfekte Traumhochzeit. Ja, ihr Leben war eine unglaubliche Tortur."

"Ich werde Sarah vermissen!", klagte Esther. "Sie war für mich da, als eines meiner Kinder krank war und ich in der Klemme steckte. Sie wusste immer, was sie mir sagen musste, wenn ich nicht weiterwusste. Wie soll ich jetzt weitermachen, ohne ihre Ratschläge, ohne ihre Führung? "

"Ja, sie hat jedem von uns schon Mal aus der Patsche geholfen. Grady hat sie wie eine Großmutter geliebt. ", sagte Nina.

"Als meine Eltern mir gesagt haben, dass ich eine wirtschaftliche Ausbildung und eine richtige Karriere anstreben sollte, ist Sarah für mich eingestanden", erinnerte sich Cathy. "Sie sagte meinen Eltern, jeder könne ein Arzt sein, oder ein Zahnarzt, oder ein Anwalt, so wie meine Geschwister. ‚Aber ein Künstler zu sein braucht wirklich Mut und Talent.', hat sie ihnen gesagt. ‚Cathy ist schon auf dem Weg nach oben. Ihr solltet sie unterstützen, statt ihr Steine in den Weg zu legen.' Sie hat mich immer als den

Menschen akzeptiert, der ich war, und sich über meine Eigenheiten gefreut. "

"Und wie haben es deine Eltern aufgenommen? ", fragte sie Lydia.

"Meine wären durchgedreht, wenn ich nicht nach der Familie gegangen wäre und Gesellschaftsrecht studiert hätte. Ich bewundere deinen Mut, Cathy.

Manchmal wünschte ich… ach!" Lydia zuckte mit den Achseln und setzte ein tapferes Lächeln auf. "Das ist jetzt Schnee von gestern. Was passiert ist, ist passiert."

"Sarah hat mich bei sich aufgenommen, als mich meine Eltern rausschmissen.", erzählte Nina. „Ich war sechzehn und alleine mit meinem Baby, ohne Bleibe, ohne Geld und ohne Plan, wohin zu gehen."

"Ich kann mich noch an den Tag erinnern, als Sarah dich vom Park nach Hause brachte", entsann sich Cathy. "Sie sagte mir, wir müssten das Gästezimmer sauber machen, weil du jetzt bei uns einziehst.

Eigentlich war ich sogar ziemlich sauer, weil ich meine Leinwände und Farben auf den Dachboden verfrachten und von da an dort arbeiten musste. Aber als ich dich sah, du sahst aus wie ein verlaufenes Hündchen, habe ich mich beschissen gefühlt, dass ich auch nur dachte, dass du nicht willkommen oder eine Belästigung wärest!"

Nina lachte. "Und so haben wir uns kennengelernt. Sowas von am falschen Fuß! Als du einmal mitten in der Nacht mein schreiendes Baby genommen und es fortgetragen hast, war ich mir sicher, dass du ein Engel bist – oder der Teufel."

"Hey! Wir haben gemeinsam ein Baby erlebt, das zwanzig Stunden täglich geheult hat und drei Frauen, die besessen davon waren, ihn zu tragen", sagte Cathy.

"Sarah hat verhindert, dass ich meinen Verstand verlor", sagte Nina.

"Und auch, dass ich dich umgebracht habe", gab Cathy zu. "Sie hat mir nicht nur einmal Bilder abgekauft, damit ich Geld für Vorräte zum Malen hatte."

"Ich dachte, das würdest du nicht wissen. ", murmelte Nina. "Sie hat auch die Vorräte fürs Baby bezahlt."

"Ich weiß!", lachte Cathy. "Sie hatte ein Kreditkonto bei Carter's und bei der Apotheke. Hast du auch gewusst, dass – wenn du sie nicht zahlen lassen wolltest – sie ihrer Freundin Heather Geld gegeben hat, damit die Besitzer eurer kleinen Hütte den Preis senken, damit ihr euch die Abzahlungen und noch dazu das Essen leisten könnt?"

"Als ich angefangen habe", sagte Sheila, "hat mich Sarah unterstützt. Meine Familie, meine Eltern und mein Mann waren der Meinung, ich sollte zu Hause bleiben, die Kinder erziehen und für meinen Mann, den Star-Chirurg, das Haus sauber halten.

Sarah bot mir an, Geld zu leihen, damit ich mein Geschäft eröffnen könnte. Sie gab mir auch das Selbstvertrauen, um eigene Wege zu gehen. Sie bot mir und meinen Kindern einen Rückzugsort, um neu anzufangen. Ich schulde ihr mein Glück. Ich schulde ihr mein ganzes Leben!"

"Das kann jede von uns über Sarah sagen", bestätigte Lydia und wischte sich die kunstvoll gestylten Haare aus dem herzförmigen Gesicht. "Ich war eine Woche auf der Ranch, um mein Leben wieder in Ordnung zu bringen, als ich vor einer Weggabelung stand. Sie hat meine Karriere gerettet, meine Ehe. Sie ist auch der Grund, warum wir heute Troy und Claire haben. "

Esther hob ihr Glas, ihre großen blauen Augen füllten sich mit Tränen. "Auf Sarah", begann sie mit zitternder Stimme, "Ich kann nicht glauben, dass du nicht mehr da bist. Wir werden dich vermissen. "

"Auf Sarah!", stimmten die anderen ein.

"Diese Feier wird eine Menge Erinnerungen zurückbringen", bemerkte Nina.

"Und nicht nur die glücklichen", sagte Sheila mit rauchiger Stimme.

"Das kannst du laut sagen", stimmte Lydia ein.

Kapitel Zwei

Scheinbar unüberwindbare Probleme

„Sobald der Sturm vorüber ist, wirst du dich nicht mehr erinnern können, wie du ihn überstanden und ihn überlebt hast. Du wirst nicht einmal sicher sein, ob der Sturm wirklich vorüber ist. Aber eines ist sicher. Wenn du aus dem Sturm herauskommst, bist du nicht mehr die Person, die den Sturm betreten hat."

Oswald

Nina seufzte und strich sich ihre langen dunklen Haare aus den müden, blutunterlaufenen Augen. Das Baby hatte die ganze Nacht immer wieder geschrien.

Würden diese schlaflosen Nächte, diese strapaziösen Tage nie aufhören? dachte sie.

Sie wusste, dass es nicht leicht sein würde, allein ein Baby großzuziehen. Aber sie könnte ihr Kind nicht aufgeben, selbst, wenn das bedeuten würde, ihr College-Stipendium hinzuwerfen und nicht mit ihren Freunden die High School abzuschließen.

Sie fühlte sich so allein. Alle ihre Freunde waren auf dem College. Ihre Eltern wollten nichts mit ihr zu tun haben. Ihre Schwester musste sie vom Haus ihres Freundes anrufen. *Es wäre schön, die Unterstützung meiner Mutter zu haben*, dachte Nina. Es gab so viele Dinge übers Kindererziehen, die sie nicht wusste.

An diesem Tag fand sie Sarah auf einer Parkbank, wie sie hilflos ein Baby auf ihren Knien auf- und abwippte. Die Tränen rollten ihre braunen Wangen herunter.

Nina hatte ihr Limit erreicht. Obwohl sie eine erstklassige Schülerin war, die Gleichungen blitzartig lösen und fantastische Experimente vollführen konnte, war das Mädchen, das über jede Frage argumentieren konnte, mit diesem zimperlichen Baby völlig am Ende. Sie wusste nicht wohin sie sollte, hatte kein Geld und keinen Plan. Die Hoffnungslosigkeit durchdrang jede ihrer Poren.

Gerade als sie in Betracht zog, ihr Kind aufzugeben und zurück nach Hause zu kriechen, blieb eine leicht weißhaarige Frau vor der Parkbank stehen und legte ihr tröstend ihre Hand auf die Schulter.

"Hab Erbarmen, Kind!", sagte sie in einer unglaublich freundlichen Stimme. "So schlimm werden die Dinge schon nicht sein!"

Nina brachte kaum ein Wort heraus. Mit zögernder Stimme erzählte sie der älteren Frau davon, dass sie ihr Kind allein zur Welt gebracht hatte und es nicht im Stich lassen wollte.

"Ich bringe ihn nicht zum Schlafen und bin immer nur hundemüde", schluchzte Nina. "Manchmal denke ich, es war ein riesiger Fehler, das Baby zu behalten. Ich will nur mehr, dass er weg ist. Ich will mein altes Leben zurück. Ich bin eine beschissene Mutter", sagte sie weinend.

"Jede Mutter fühlt sich von Zeit zu Zeit so", beruhigte sie Sarah. "Deswegen bist du keine schlechte Mutter. Nur eine typische müde Mutter."

Sie nahm Nina das heulende Baby ab und sagte: "Gib mir seine Flasche und wir sehen mal, was wir machen können. Wo sind deine Sachen, Liebes?", fragte sie.

Mit tränenverschmiertem Gesicht zeigte sie auf einen zerfledderten Rucksack. "Das ist alles, was ich habe", flüsterte sie. "Mehr konnte ich nicht tragen als mich meine Eltern rausgeschmissen haben. Außerdem stehlen sie dir im Frauenhaus alles, worauf du nicht schlafen kannst. Meine Schwester kann mein Zeug aus dem Haus schmuggeln, sobald ich einen Ort zum Bleiben habe.

"Wo wohnst du denn jetzt?", fragte Sarah, während sie das mittlerweile schlafende Baby schaukelte.

"Nirgendwo", gab Nina achselzuckend zu. "Sie wollten, dass ich verschwinde, weil das Baby niemanden schlafen hat lassen."

"Na dann, Liebes", sagte die zierliche weißhaarige Frau und stand von der Bank auf, "ich bin Sarah und du kommst mit zu mir."

Nina protestierte. "Aber Sie kennen mich überhaupt nicht! Warum sind Sie so freundlich?"

"Vor langer Zeit hat mir jemand unter die Arme gegriffen, als ich Hilfe brauchte", erklärte Sarah. "Ich gebe es nur an jemanden weiter. Ohne die Hilfe dieser Frau wäre ich heute nicht da, wo ich bin. Von ihr habe ich gelernt, wie wichtig es ist, dass Frauen anderen Frauen helfen. Was sie mir gesagt hat, werde ich nie vergessen. Ich habe mein ganzes Leben versucht, nach ihren Ratschlägen zu leben."

"Was hat sie Ihnen gesagt?"

"Sie gab mir ein Zitat von einer ihrer Mentorinnen mit", antwortete Sarah. Aus ihrer Erinnerung sagte sie dieses auf:

Ich bin zu dem Glauben gekommen, dass jeder von uns eine persönliche Berufung hat, die so einzigartig ist wie ein Fingerabdruck – und der beste Weg, Erfolg zu haben, ist herauszufinden was du liebst und dann einen Weg zu finden, es anderen in Form einer Dienstleistung anzubieten, hart zu arbeiten und außerdem der Energie des Universums zu erlauben, einen zu führen.

"Wow!" rief Nina. "Das sind Worte, nach denen man leben kann!"

"Stimmt", sagte Sarah. "Und es ist dein erster Schritt auf einem Weg Richtung Erfolg. Komm schon", drängte sie lächelnd. "Bringen wir dich und diesen kleinen Kerl nach Hause."

Kapitel Drei

Marschieren zum Schlag einer anderen Trommel

„Die Frau darf nicht akzeptieren, sie muss herausfordern. Sie darf nicht eingeschüchtert werden von dem, was in ihrer Umwelt aufgebaut wurde; sie muss die Frau in sich schätzen, die nach einer Ausdrucksform strebt."

Margaret Sanger

Ungeduldig wischte sich Cathy ihren widerspenstigen roten Haarschopf aus dem Gesicht und hinterließ damit einen Streifen magentaroter Farbe auf ihrer sommersprossigen Wange. Kritisch begutachtete sie ihr letztes Bild. Zufrieden, dass sie die Essenz von Sarahs Garten eingefangen hatte, wusch sie ihre Pinsel aus, um Feierabend zu machen.

Sie war zunächst verärgert gewesen, als Sarah die arme, erschöpfte junge Latina in ihr Haus geschleppt und sie gezwungen hatte, ihr Studio im zweiten Stock von Sarahs Haus aufzugeben. Doch nachdem sie das Gästezimmer von ihren Sachen geräumt hatte und in den Dachboden gestampft war, wohin sie versetzt worden war, sah sie sofort die Vorteile: Der Raum war fünfmal so groß wie das schäbige Schlafzimmer. Das Licht der Dachfenster war besser für ihre Malerei.

Niemand würde durch die Tür des Dachbodens spähen und an ihrer Arbeit herumschnüffeln. Sie hatte reichlich Platz um ihre

Malvorräte und unfertigen Bilder aufzubewahren. Kurz gesagt war Ninas Eindringen in ihr Zuhause eine Art Segen.

Das Baby? Das war natürlich eine ganz andere Geschichte. Sein ständiges Kreischen kratzte an Cathys Nerven. Es war jedoch auch ein weiterer Vorteil ihres Dachbodenstudios. Nachdem sie das Schreien auch in der zweiten Nacht völlig wachgehalten hatte, hatte sie einen Futon in den Dachboden geschleppt und konnte von da an ihre Nächte in relativer Ruhe verbringen.

Cathy seufzte. Sie hasste Veränderungen. Aber das war Sarahs Haus und sie hatte alles Recht der Welt, jeden heimzubringen, den sie wollte. Schließlich würde Cathy ohne ihre Unterstützung – moralisch und finanziell – widerwillig irgendein College besuchen, wo sie gezwungen würde, wie ihre Geschwister eine Laufbahn im Familiengeschäft einzuschlagen. Allein durch die Tatsache, dass sie sich entschlossen hatte, sich dem System zu widersetzen und den großen Plan ihres Millionärs von Vater zu durchkreuzen, war sie ihr altes Zuhause los. Ihr Vater hatte eine Linie gezogen: Geh aufs College und besorg dir eine richtige Karriere statt auf Bildern herumzuspritzen. Sonst verschwinde und mal sehen, wie schnell du zurückgekrochen kommst!

Ohne Sarahs Unterstützung müsste Cathy auf der Straße leben oder sich den unbarmherzigen Anforderungen ihres Vaters beugen. Was sie am meisten aufregte, war nicht das Ultimatum ihres Vaters. Sein Verhalten war beständig. Cathy verletzte vor allem die fehlende Unterstützung ihrer Mutter, ihrer Schwestern und ihrer Freunde. Jeder sagte "Um Himmels Willen, jetzt zieh doch einfach mit. Du kannst doch hobbymäßig weitermalen. Kein großes Ding.“

Das Malen war nicht bloß ein Hobby für Cathy. Es war eine Berufung, genau wie die Jagd nach der nächsten begehrten Immobilie das Ziel ihres Vaters war. Jeder schien nur konzentriert auf die Tatsache, dass Cathy als Künstlerin nicht reich werden konnte. Sie konnten nicht verstehen, dass es nicht um das Geld ging. Nur Sarah konnte das.

Und so war Cathy vor drei Jahren in Sarahs bequemes Zuhause in ihrer Ranch gezogen und hatte das dritte Schlafzimmer in ein Studio verwandelt. Cathy bestand darauf, dass die Vereinbarung “temporär“ war, bis sie “auf eigenen Füßen stand“ und ihre Arbeit “die Aufmerksamkeit der Kunstwelt erlangt hatte. “

Sarah wollte keinen Cent für das Essen oder die Unterkunft nehmen. Sie wies darauf hin, dass sie seit dem Tod ihres Mannes in diesem großen alten Haus versauere und deshalb glücklich über die Gesellschaft sei. Und das Essen? Ihr Koch versorgte bereits acht Hirten. Wieviel mehr Aufwand würde ein mageres Mädchen sein?

Cathy liebte die Ranch. Sie konnte meilenweit reiten und jeden Tag verschiedene Szenen zu verschiedenen Zeiten malen. Als sie eine Ausstellung bei einer örtlichen Galerie bekam, war sie beschwingt – selbst nachdem ihr auffiel, dass der Galeriebesitzer und Sarah unzertrennliche Freunde waren. Bei ihrer ersten

Ausstellung verkaufte sie zehn Bilder. Erst später bemerkte sie, dass Sarah vier davon gekauft hatte.

Als sie sie damit konfrontierte, erklärte Sarah in überzeugender Weise, dass sie die Ranch-Szenen als Geschenke für ihre Kinder gekauft hatte. "Ich habe nur versucht, die Dinge etwas ins Rollen zu bringen" bemerkte Sarah. "Die anderen sechs haben Fremde gekauft, die dein Talent erkannt haben!"

Irgendwie vergingen drei Jahre. Sarah und Cathy hatten sich auf einen angenehmen Tagesablauf eingespielt. Cathy bewunderte Sarah. Sie führte ein erfolgreiches Geschäft in einer Welt, die vor allem eine Männerdomäne war. Die anderen Rancher waren zwar nicht begeistert, mit einer Frau Geschäfte zu machen – und dazu noch einer Schafzüchterin – brachten Sarah aber Bewunderung entgegen. Mit ihren Frauen verhielt es sich anders.

"Was ist nur mit diesen Frauen?", fragte Cathy nach einer von Sarahs Grillpartys mit der Nachbarschaft. "Warum sind sie alle so abweisend?"

Sarah seufzte. "Das ist leider nicht so unüblich", bemerkte sie. "Jeder Beruf hat eine Geschichte von Frauen, die andere Frauen nicht unterstützen. "

"Hab ich es nicht gewusst!", rief Cathy. "Meine Mutter, meine Schwestern und alle meine Freundinnen haben mir praktisch gesagt, ich solle mich zusammenreißen und einfach das Angebot von Dad akzeptieren. Ich wurde total fertiggemacht. Wie gehst du damit um?"

Sarah lachte. "Wenn ich niedergeschlagen bin, erinnere ich mich an die Worte von Madeleine Albright. ‚Es ist wichtig, dass sich Frauen gegenseitig helfen. Ich sage gern: „In der Hölle gibt es einen besonderen Ort für Frauen, die es nicht tun."

Cathy lachte. "Den muss ich mir merken."

"Immer wenn mich die fehlende Unterstützung der Frauen wütend macht", so Sarah, "träume ich einfach, wie sie in der Hölle brennen."

"Warum verhalten sie sich so?", fragte Cathy. "Warum können Frauen andere Frauen nicht unterstützen?"

"Meiner Meinung nach ist es Neid, Angst, Hass und Wut.", sagte Sarah. "Zuerst hat es mich schockiert.

Als mein Mann starb, haben sich die Nachbarsfrauen um mich gekümmert. Aber plötzlich wurde ich nicht mehr auf Zusammenkünfte eingeladen. Anscheinend gilt eine Single-Frau als Bedrohung, weil sie es sicher auf den Mann einer anderen abgesehen hat. Dann, als ich anfing, mit der Ranch Erfolg zu haben, hat sich die Angst in Hass und Neid verwandelt."

"Das ist fürchterlich", sagte Cathy.

"Meine Schwester ist Geschäftsführerin von einem großen Unternehmen. Sie hat mir vorgeschlagen, Joan Rosenbergs Buch *Mean Girls, Meaner Women* zu lesen. Im Grunde, sagt die Autorin, eine Psychologin, ist das schlechte Verhalten, das Frauen anderen Frauen gegenüber zeigen, kulturell und sozial eingeprägt. Das Buch ist in einem Regal in der Bibliothek, wenn du Interesse hast."

"Ich verstehe nur nicht, warum Frauen so reagieren."

"Meine Schwester meint, Frauen erkennen, dass dies eine Männerwelt ist, in der sie um den kleineren Teil des Kuchens kämpfen müssen. Deshalb muss jede Frau allein für sich kämpfen. Dazu sind Frauen noch mit Arbeit, mit ihrem Zuhause und ihren Familien beschäftigt. Die Frauen, die es gut meinen, haben das Gefühl, keine Zeit zu haben, andere Frauen zu unterstützen."

"Aber du hast es dir zu einer Aufgabe gemacht, anderen Frauen zu helfen", bemerkte Cathy. "Und ich kenne keinen, der so eingespannt ist wie du."

"Vor Jahren hat mir jemand wieder auf die Beine geholfen", sagte Sarah. "Und ich habe geschworen, es an jemanden weiterzugeben."

Cathy wurde von den Geräuschen eines weinenden Babys von ihrem Tun aufgehalten. Sie seufzte und legte ihren Pinsel nieder.

"Jetzt bin wohl ich an der Reihe, mich um den kleinen Wicht zu kümmern", murmelte sie, während sie die Stiegen zum Kinderzimmer hinabstieg.

Sie nahm das Baby und schaukelte es fachgemäß, während sie die Windelsachen suchte. Bald hatte sie ihn in ein Tuch eingewickelt. "Jetzt schauen wir doch mal, womit wir dich füttern sollen", sagte sie.

Eine müde Nina tauchte vor der Tür auf, ihre langen dunklen Haare schienen zu Berge zu stehen. Als sie ihre rothaarige Mitbewohnerin mit ihrem Baby in den Armen sah, hielt sie inne.

"Schon gut, Prinzessin", sagte Cathy. "Ich regle das. Es wird langsam Zeit, dass ich hier etwas mache, um mir meinen Aufenthalt zu verdienen. Schau nicht so verwundert. Glaubst du ich habe nicht viel babygesittet, um mir die ganzen Malvorräte zu kaufen, die mir mein Vater verweigert hat?"

"Äh…", begann Nina.

"Geh zurück ins Bett", befahl ihr Cathy. "Das Rezept ist im Kühlschrank. Erwärmen, nicht erhitzen. Die Temperatur am Handgelenk überprüfen, bevor ich es ihm in den Mund stecke. Nicht vergessen, ihn dazwischen und am Ende aufstoßen zu lassen.

Richtig?"

"Äh…", sagte Nina erneut.

"Sicher, Nina", antwortete Cathy. "Ich hab ihm auch die Windeln gewechselt."

Nachdem sie das gesagt hatte, entschwand sie in die Küche und ließ eine sprachlose Nina zurück ins Bett verschwinden.

Von diesem Tag an und bis zu dem Tag, als Nina mit dem fünf Jahre alten Grady auszog, um ein neues Leben zu beginnen, waren die drei Frauen ein eingespieltes Team, das die Kinderpflege, das Gärtnern und den Haushalt in einem funktionierenden Rhythmus regelte. Was immer gemacht werden musste, wurde auch gemacht. Es war, als ob alle drei voneinander Kraft und Zuversicht schöpften.

"Warum können nicht alle Frauen so zusammenarbeiten wie wir?", sinnierte Nina eines Tages.

Sarah und Cathy lächelten sich an.

"Es gibt da ein Buch im Regal, das du lesen musst", bemerkte Cathy. "Da du einen Abschluss in Psychologie willst und in die Sozialarbeit einsteigen willst, wirst du es höchst interessant finden", fügte sie hinzu. "Es nennt sich *Mean Girls, Meaner Women von Dr. Erika Holiday und Dr. Joan I. Rosenberg.*"

Sarah und Cathy lachten.

"Wenn wir alle zusammenarbeiten würden, was wären wir dann für eine schlagkräftige Truppe", schloss Sarah ab.

„Ich kann Ihnen versprechen, dass Frauen, die zusammenarbeiten – vernetzt, informiert und gebildet – diesem verlorenen Planeten Frieden und Wohlstand bringen können."

Isabel Allende

Kapitel Vier

Lebensverändernde Entscheidungen

„Sei immer du selbst, verwirkliche dich selbst, glaube an dich selbst, gehe nicht hinaus und suche nach einer erfolgreichen Persönlichkeit, um sie zu kopieren."

Bruce Lee

Lydia wischte sich ihre kunstvoll gesträhnten blonden Haare aus ihrem herzförmigen Gesicht. Ihre grauen Augen betrachteten das Chaos, welches ihr Büro war. Akten, Bücher über Fallrecht und Laptops säumten den Tisch, den Boden und die teuren Bücherschränke. Der größte Fall ihrer Laufbahn war endlich vorbei. Ihr "Dreamteam" hatte hier gefeiert und sich danach abgesetzt und die Überbleibsel ihrer Recherche zurückgelassen.

Lydias Augen tränten. Dies sollte der strahlendste Moment ihrer fünfzehnjährigen Karriere als Prozessanwältin bei einer der angesehensten Kanzleien der Stadt sein. Sie würde mit diesem Sieg aller Voraussicht nach Partnerin werden. Sie sollte auf Wolke sieben schweben. War das nicht das, worauf sie immer hingearbeitet hatte, seit sie als Klassenbeste von der Rechtsfakultät abgegangen war?

Warum fühlte sie dann diese Leere in sich, die sie nicht definieren konnte? Ihr Mann, der Staatsanwalt, und ihr Vater, Richter Reynolds, würden so stolz auf Sie sein. Sie hatte einen Fall übernommen, den sie zu verlieren glaubte und nun einen

Vergleich erzielt, der ihrer Mandantin mehre Millionen Dollar brachte.

Natürlich würde dieses Geld nicht die Schmerzen des Kindes wiedergutmachen, das durch ein Medikament Anfälle und eine schwere Lernbehinderung erlitten hatte. Aber es würde sicherstellen, dass die Mandantin die Mittel hatte, für das Kind in angebrachter Weise zu sorgen.

Als das Urteil verkündet und Lydia von ihrer Mandantin und deren Sohn umarmt wurde und sie sich wieder und wieder bei Lydia bedankten, hatte ein merkwürdiges Gefühl an ihrem Herz gezerrt. Nur wenige Tage vor ihrem vierzigsten Geburtstag überkamen Lydia gravierende Bedenken über den Weg, den sie eingeschlagen hatte. Reumütig erinnerte sie sich, wie sie „Der nichtgegangene Weg" von Robert Frost gelesen hatte. Statt an den Weg zu denken, den sie nicht gegangen war, hatte sie sich entschlossen, den Ratschlägen eines anderen Frost zu folgen:

„Suche nicht den Erfolg, wenn du ihn willst; tu einfach das, was du liebst und woran du glaubst, und der Erfolg wird kommen."

David Frost

Jetzt fühlte sich Lydia verwirrt, vor den Kopf gestoßen und unsicher. Hatte sie nicht das getan, was sie geliebt und woran sie geglaubt hatte? War das Recht für sie nicht ein logischer Weg gewesen? Schon seit sie ein kleines Mädchen war, hatte sie eine intelligente, erfolgreiche Anwältin werden wollen. So wie ihr

44

Vater – irgendwann vielleicht sogar Richterin. Und als sie an der Fakultät Bryan kennengelernt hatte, schien es da nicht so, als ob das Schicksal ihr ihren Seelenverwandten geschickt hatte?

Sie und Bryan wollten die gleichen Dinge. Sie hatten eine Menge gemeinsam. Die Tatsache, dass sie oft

beide erdrückend viele Stunden gearbeitet und sich oft tagelang nicht länger als die 15 Minuten beim Frühstück gesehen hatten, war nur ein Teil des Preises vom Erfolg. Und beide waren sie die Karriereleiter hinaufgeklettert, hatten sich gegenseitig unterstützt, Siege gefeiert und sich bei Rückschlägen getröstet.

In der Juristenwelt galten Lydia und Bryan als das ideale Paar. Intelligent, jung, ehrgeizig, gutaussehend und mit eindeutigen Vorstellungen erregten sie beim Betreten eines Raumes alle Aufmerksamkeit. Lydia dachte, dass sie alles hätten.

Als ihre Freundinnen anfingen Kinder zu bekommen, redeten Lydia und Bryan darüber und entschieden, dass in ihrem Leben für Kinder kein Platz sei. "Wir schaffen es nicht einmal, Pflanzen oder Haustiere am Leben zu erhalten, so lang wie wir arbeiten!", führte Bryan an. "Ist das nicht das, wofür wir unser Leben lang gearbeitet haben?", fragte er Lydia. Natürlich stimmte sie zu. Sie liebte ihr Loft in Downtown. Sie liebten Rolls Royce, ihre Mitgliedschaft im Golfklub und die Reisen in exotische Länder, die sie machten, wenn sie einmal eine Woche freibekamen.

Aber in letzter Zeit nagte etwas an ihr. Auf irgendeine Art fehlte etwas. Sie konnte nicht genau sagen was, aber eine Zeile aus Robert Frosts Gedicht machte ihr unterbewusst zu schaffen:

Zwei Straßen teilten sich in einem gelben Wald. Und es tut mir leid, dass ich sie nicht beide begehen konnte.

Und da ich nur einer war, stand ich lange und schaute eine hinab, soweit ich konnte. Bis sie sich nach unten bog.

Dann nahm ich die andere, die genauso gut aussah.

Wäre ich auf der anderen Straße glücklicher geworden? fragte sie sich träge, während sie anfing, die Reste ihres Falles wegzuräumen.

Lydia war nicht wirklich unglücklich, entschied sie. Schließlich liebte sie ihren Lebensstil. Doch in letzter Zeit konnte sie das Gefühl nicht abschütteln, dass ihrem Leben etwas fehlte.

"Du bist bloß müde", ermahnte sie sich selbst. "Das ist genau wie an dem Tag nach Weihnachten. Alles was übrig ist, ist ein Haufen Geschenkpapier und ein Kühlschrank voller Reste", überlegte sie, während sie die Akten in eine Ecke legte, um sie morgen in den Keller zu transportieren.

"Gute Nacht, Lydia", rief Marlin, der ergraute Wachmann und Ex-Cop. "Wie ich sehe, packen Sie früh zusammen. Gratuliere zum Sieg. Ich hoffe, dass Sie und Ihr Mann heute Nacht etwas feiern können."

46

"Danke, Marlin. Bis morgen", antwortete Lydia und winkte, als sie das Gebäude verließ.

Bryan war geschäftlich fort, also würde Lydia zu Hause ein leeres Apartment vorfinden. Als ihre Mutter angerufen hatte, um ihr zum Sieg ihres Falles zu gratulieren und sie gefragt hatte, was sie am Abend vorhatte, musste sie zugeben, dass sie alleine mit einem heißen Bad und chinesischem Essen zum Mitnehmen feiern würden. Doch Clarice Reynolds, ihre Mutter, kannte kein "nein" als Antwort. Sie hatte darauf bestanden, dass Lydia mit ihr und einer langjährigen Freundin essen gehen würde.

"Ich würde nicht daran denken, deine Pläne zu stören", protestierte Lydia. "Außerdem wäre ich heute keine gute Gesellschaft. Ich bin unausgeschlafen und deprimiert."

"Unsinn!" antwortete ihre Mutter unerbittlich. "Du kommst mit uns und wir geben dir gutes Essen – nichts zu Mitnehmen – wir muntern dich auf und bringen dich früh genug ins Bett. Gute Güte!", lachte sie. "Ich weiß noch, wie du gebettelt hast, spät fortzubleiben."

"Das war bevor ich mit den Sechzehnstunden- Schichten anfing. Außerdem bin ich in einigen Tagen vierzig. ", erinnerte Lydia ihre Mutter.

"Deine beste Zeit beginnt gerade erst", antwortete sie.

"Warum fühl ich mich dann, als ob mich das Leben dann überholt haben wird?", fragte Lydia. Ihre Stimme begann zu zittern und sie räusperte sich verlegen.

"Deine biologische Uhr?", fragte ihre Mutter. "Vielleicht", antwortete Lydia unsicher.

"Wir sind um sieben bei Luigi's", sagte ihre Mutter. "Du wirst Sarah lieben. Sie ist eine Frau, die es in einer Männerwelt allein zu etwas gebracht hat. Ihr beide habt viel gemeinsam. "

"Warum hab ich sie noch nie vorher kennengelernt?", fragte Lydia. "Wenn ihr zwei so gute Freundinnen seid."

"Wir waren Zimmergenossen im College", erklärte ihre Mutter. "Dann ist sie vom „Marlboro-Mann" verführt worden und lebte von da an auf einer Ranch in Wyoming. Als ihr Mann starb, war sie eine erfolgreiche Geschäftsführerin. Mitte 50 hat sie alles hingeschmissen und eine scheiternde Rinderfarm in eine einträgliche Tausend-Acker-Schafsranch verwandelt. Sie ist wegen der Konferenz der amerikanischen Schafhirten in New York. Wir sehen uns einmal im Jahr. Bis um sieben bei Luigis's", sagte ihre Mutter, bevor Lydia protestieren konnte.

Und so machte sich Lydia auf den Weg zu Luigi's, wo sie Sarah Barnard kennenlernen sollte.

Kapitel Fünf

Die Bedeutung gegenseitiger Unterstützung.

„Oft sind erwachsene Männer, die sich emotional nicht mit Frauen verbinden können, mit denen sie intim sind, wie eingefroren und unfähig, zu lieben, aus Angst, dass sie ihre Liebste im Stich lassen wird.

Wenn die erste Frau, die sie leidenschaftlich geliebt haben, ihre Mutter, diese Liebe nicht wahrhaftig erwidert hat, wie sollen sie dann ihren Partnerinnen vertrauen, dass sie der Liebe treu bleiben werden. In ihren Beziehungen als Erwachsene spielen Männer oft dieselben Muster immer wieder durch, um die Liebe ihrer Partner auf die Probe zu stellen. Während der zurückgewiesene heranwachsende Junge denkt, dass er es nicht mehr wert ist, die Liebe seiner Mutter zu erhalten, verhält er sich als Erwachsener vielleicht in ähnlicher Weise gegenüber der Frau in seinem Leben, verlangt aber von ihr, dass sie ihm ihre bedingungslose Liebe gibt. Dieses auf-die-Probe- stellen heilt nicht die Wunden der Vergangenheit, es stellt sie nur nach, und letztendlich wird die Frau des geprüft Werdens überdrüssig werden und die Beziehung beenden, und damit die Zurückweisung wiederholen. Dieses Drama ist für viele Männer die Bestätigung, dass sie der Liebe kein Vertrauen schenken können. Sie entscheiden sich, dass es besser ist, sich darauf zu konzentrieren, nach Macht und Dominanz zu streben."

Bell Hooks

Die fünfunddreißigjährige Sheila Edwards zuckte zusammen, als sie nach ihrer Kaffeetasse griff. Die letzte Nacht war eine dieser Nächte gewesen, in der sie Vernunft hätte walten lassen sollen. Sie wusste, dass ihr Mann, der Herzchirurg, an diesem Morgen einen Patienten auf dem OP-Tisch verloren hatte. Sie wusste auch, dass er schlecht gelaunt nach Hause kommen würde. Martin Edwards verlor nicht gerne – egal wobei.

Sheila war klug genug gewesen, die sechsjährige Emily und den achtjährigen Matthew über Nacht zu ihren Großeltern zu schicken. Danach hatte sie Martins Lieblingsgericht vorbereitet und sich in ein verführerisches Kleid geworfen und wartete auf sein Heimkommen.

Aus ihren zwanzig Jahren Ehe hatte Sheila gelernt, dass es der beste Weg war, Martin wie einen König zu behandeln und alle möglichen Ärgernisse verschwinden zu lassen, um mit solchen Krisen fertig zu werden. Dazu gehörten auch die Kinder und der Familienhund.

Aber die Dinge waren nicht so gelaufen, wie es geplant war. Bevor Martin heimgekommen war, war er noch bei der Bar stehen geblieben, die er gemeinsam mit seinem Kindheitsfreund Ernie besaß, um sein angekratztes Ego zu kurieren. Als er das Haus betrat, war er bereit für einen Kampf.

Normalerweise war Sheila (als klassische Waage) darin geübt, solche Situationen ohne Schrammen zu meistern. Aber ihr Darlehensantrag lag schon auf dem Esstisch und Martin hatte ihn beim Hereinkommen gesehen. Normalerweise hätte sie ihn verschwinden lassen, um sich vor den tätlichen Attacken des trotzigen Martin zu schützen, aber in diesem Fall war die Zeit kritisch.

Ungefähr zum hundertsten Mal fragte sich Sheila, was in ihrer Ehe falsch gelaufen war. Sheila hatte den jungen, blonden und attraktiven Martin Edwards kennengelernt, als sie noch Schüler waren und Martin vor dem Medizinstudium stand, und sich in ihn verliebt. Martin, der zufälligerweise Brad Pitt sehr ähnlich schien, hatte sie sofort verzaubert. Bevor sie sich umschauen konnte, waren sie schon verheiratet. Sheila brach ihr Masterstudium ab und suchte sich einen Job, während Martin Arzt wurde. Später, während Sheila ihren MBA fertig machen wollte, entschloss sich Martin, sich auf Herzchirurgie zu spezialisieren. Als erfolgreicher Herzchirurg mit einem Verdienst von einer halben Million im Jahr zögerte Martin dann, seine Frau weiterhin arbeiten gehen zu lassen, und war auch nicht von der Idee begeistert, dass sie weiterstudierte. Er argumentierte, dass die Kinder sie zuhause brauchten und sie zur Verfügung stehen sollte, wenn sie auf Kongresse fahren würden. Zudem betonte er, würden auch die Frauen anderer Herzchirurgen nicht arbeiten oder MBA-Titel haben.

Sie würden mit dem Haushalt, wohltätigen Ehrenamten und dem Bridge- und Golfspielen im Country Club beschäftigt sein, und müssten außerdem ihre Männer auf Wohltätigkeitsveranstaltungen und Konferenzen in exotische

Länder begleiten. So liefen die Dinge nun mal, wenn man mit einem Chirurgen verheiratet ist.

Sheila gestand sich ein, dass sie viel hatte, um beschäftigt zu bleiben. Martin arbeitete lange Schichten im Krankenhaus, weshalb sie Arzttermine ausmachen und die Kinder zu ihren Sportmannschaften, Musikstunden und Geburtstagspartys fahren musste. Sheila war die, die sich für Klassenausflüge anbot, Benefiz- Veranstaltungen für die Schüler-Lehrer- Gemeinschaft veranstaltete, um Spielplatzvorrichtungen und eine neue Einrichtung der YMCA zu finanzieren. Sheila war die, die die Einkäufe erledigte, die Anzüge ihres Mannes aus der Putzerei abholte und die verschwenderischen Feste für seine Kollegen organisierte.

Ja, schon den Haushalt zu führen, erforderte verdammt viel Arbeit. Aber sie fühlte sich unerfüllt in ihren Rollen als Koch, Einkäufer, Chauffeur, Coach und Spendensammler. Sheila sehnte sich nach einer eigenen Karriere, aber für Martin, der sich als der Brotverdiener und Entscheidungsträger der Familie sah, war das ein sensibler Punkt. Das war traditionell die Rolle des Mannes und er wollte dieser Tradition unerbittlich folgen.

Das erste Mal, nachdem Martin sie geschlagen hatte, konnte Sheila das Bett zwei Tage nicht verlassen.

Glücklicherweise waren die Kinder im Ferienlager gewesen. Ratlos, an wen sie sich wenden sollte, war Sheila in einem Tagesheim für geschlagene Frauen aufgetaucht. Sie hatte ein

54

Beratungsgespräch und bekam die Empfehlung, Martin zu verlassen. Aber sie hatte keine Arbeit und wüsste, dass Martin das Sorgerecht für die Kinder einklagen würde. Also kam sie rechtzeitig nach Hause, bevor die Kinder vom Lager zurückkehrten.

Unter Tränen hatte ihr Martin geschworen, dass es nie wieder passieren würde. Eine Hälfte von Sheila wollte ihm glauben, aber ihre Schwiegermutter warnte sie, dass Martin das Verhalten seines Vaters nachahmte. Sheila bestand darauf, ein eigenes Bankkonto zu haben und begann darüber zu reden, ein Innendekorationsgeschäft zu eröffnen. Martin meinte, dass es ein nettes "Hobby" sein könnte, weil sie wirklich ein Talent fürs Dekorieren hatte. Martin fing an, die Frauen seiner Kollegen für Ratschläge zu Sheila zu schicken. Die Arbeit, die er ihr zukommen ließ, war gerade so viel, dass sie beschäftigt war. So war ihre Arbeitslast nicht zu hoch, um noch genügend Zeit für jene Projekte zu haben, an der Martin sie an seiner Seite haben wollte. Rückblickend erkannte Sheila, dass es genau das war, was Martin vorgehabt hatte.

Eine zufällige Begegnung überzeugte Sheila, dass es Zeit war, aus ihrem Geschäft mehr als nur ein "Hobby" zu machen, wie Martin es nannte, und ein Büro aufzubauen. Als sie und Martin einen alten Schulfreund besuchten, der jetzt in Wyoming arbeitete, fragte Sheila nach einem Wohnungsprojekt, an dem Brad beteiligt war. Sie schlug vor, ein Angebot über die Einrichtung der drei Vorzeige- Eigentumswohnungen zu machen.

Überrascht antwortete Brad "Ich hätte dich schon gefragt, aber Martin meinte, dass es für dich nur rein Hobby wäre und du keine Projekte dieser Größe annehmen würdest, weil es dich zu sehr belasten würde."

Erzürnt konfrontierte Sheila am Abend Martin im Hotelzimmer mit diesem Thema. Als Antwort erhielt sie eine Tracht Prügel.

Am nächsten Morgen griff Sheila nach der Obstschale und ließ sie fast fallen, während ein stechender Schmerz durch ihre Rippen ging. Martin ließ sich schnell etwas einfallen und redete von Sheilas Karpaltunnel-Verletzung aus der Zeit, als sie noch arbeiten gegangen war, während er studiert hatte.

Nach dem Brunch gingen die Männer golfen und Sheila saß plötzlich neben einer zierlichen, weißhaarigen Frau, die sich ihr als Sarah, die Schafzüchterin, vom anderen Straßenende vorstellte.

Sarahs helle blaue Augen schienen geradewegs in Sheila hineinzublicken, als sie sie fragte: "Wie lang schlägt Ihr Mann Sie schon?"

Fassungslos suchte Sheila nach einer Antwort, die von der Frage ablenken würde.

"Haben Sie Kinder?", fragte Sarah.

"Ja, zwei. Emily ist sechs und Matthew acht", antwortete Sheila, froh darüber, dass das Gespräch eine andere Wendung genommen hatte.

"Verschwindet, bevor er sie auch noch schlägt!", sagte Sarah.

"Woher…", fragte Sheila.

"Bevor mein Mann uns allen den Gefallen tat, im Bett mit einer anderen an einem Herzinfarkt zu sterben, schlug er mich auch", erklärte Sarah. "Sie sind ein kluges Mädchen mit Talent", fuhr sie fort. "Fangen Sie mit Ihrem Geschäft an und arbeiten Sie ernsthaft daran. Verlassen Sie ihn, bevor er Sie umbringt."

"Aber wohin soll ich denn gehen?", frage Sheila. "Ich habe nur wenig Geld und die Kinder haben ihre Freunde, und die Schule, und…"

"Wyoming ist ein neuer Anfang", sagte Sarah. "Zufällig weiß ich, dass Brad will, dass Sie seine Wohnungen einrichten und von da an ist es nur eine Frage der Zeit."

"Aber die Kinder", sagte Sheila schwach.

"Kinder sind belastbar", sagte Sarah. "Ich habe ein riesiges altes Ranchhaus mit vielen leeren Zimmern und Tieren, die nur darauf warten, von Kindern gestreichelt zu werden. Sie können morgen einziehen."

"Warum tun sie das?", fragte Sheila. "Sie kennen mich doch kaum."

"Einmal, vor langer Zeit, hat mir jemand geholfen", erklärte Sarah. "Dieser Mensch hat mein Leben gerettet und ich schwor, diese Unterstützung weiterzugeben. Das ist meine Nummer. Rufen Sie mich an."

Und so begab es sich, dass Sheila und ihre Kinder von da an in Sarahs Haus lebten.

Zuerst war es schwer für sie, sich an das Leben auf dem Land und das Treffen eigener Entscheidungen zu gewöhnen. Aber ihre Kinder liebten dieses neue Leben und begannen auch, ihre neue Schule und Freunde zu lieben. Es gefiel ihnen sogar, mit dem gelben Schulbus zu fahren. Brad und Erica füllten die entstandene Leere aus, indem sie Sheila, Sarah und die Kinder an Sonntagen zum Essen einluden.

Sheilas Inneneinrichtungsunternehmen lief gut. Ihre Einrichtungsdesigns für die Modellwohnungen waren so beliebt geworden, dass viele neue Wohnungsbesitzer sie baten, auch ihre Wohnungen zu dekorieren.

Martins bedrohende Anrufe hatten abrupt aufgehört, als Sarah einmal abgehoben hatte und Martin sie mit Sheila verwechselte. Am nächsten Tag bekam er Besuch von seiner Mutter und die Anrufe hörten auf. Ebenso seine Drohungen, um das Sorgerecht für Matthew und Emily zu klagen. Sheila war sich nie sicher, wie

Sarah die ganze Geschichte geschafft hatte. Sie war nur dankbar für ihre Hilfe. Als sie der alten Frau danken wollte, oder vorschlug, Miete zu zahlen, verwarf Sarah den Vorschlag und meinte nur "Eines Tages wirst du Gelegenheit bekommen, es an jemand anderen weiterzugeben, und ich weiß, dass du das tun wirst. Wenn wir uns nicht gegenseitig helfen würden, wäre die Welt ein trauriger Ort. Außerdem", betonte sie, "haben es meine Pferde und meine Hunde noch nie so gut gehabt. Deine Kinder kümmern sich so gut um sie, dass die Arbeiter sich nicht mit ihnen herumschlagen müssen. Und...", fügte sie sanft hinzu, "es ist so schön, in diesem alten Haus Kinderstimmen zu hören".

"Du hast mein Leben gerettet, Sarah", sagte Sheila leise. "Das weißt du. "

"Wir alle brauchen irgendwann in unserem Leben einmal Hilfe", sagte sie achselzuckend. "Ich war nur zufällig zur richtigen Zeit am richtigen Ort."

"Häusliche Gewalt ist etwas Fürchterliches", sagte Sheila. "Es raubt einem jede Zuversicht."

"Man muss nicht darauf warten, dass einen jemand immer wieder schlecht behandelt. Es reicht, wenn es einmal passiert, und man es zulässt. Wenn jemand weiß, dass er einen Menschen so behandeln kann, ist dieses Muster vorprogrammiert."

"Du hast recht!", rief Sheila. "So hab ich das noch nicht gesehen. Du bist so weise, Sarah."

"Ich würde gern sagen, dass dieses Zitat von mir stammt, aber eigentlich ist es aus einem Buch, das dir sicher gefallen würde. Die Autorin heißt Jane Green und das Buch heißt *Bookends*. Es gibt ein Exemplar im Bücherregal."

Kapitel Sechs

Vorurteile erschüttern

„Meine Mutter hat gearbeitet, deshalb war ich oft alleine. Ich wollte eine Mutter werden, die zuhause bleibt."

Donna Karan

Der Wecker klingelte um sechs Uhr und ließ die erschöpfte Esther aus dem Bett springen. "Bitte lass das gut laufen", murmelte sie.

"Kinder! Zeit aufzustehen!", rief sie.

"Brent! Ellen! Raus aus den Federn", brüllte sie. "Es ist doch erst sechs", jammerte Ellen.

"Das weiß ich", sagte Esther geduldig. "Aber, wie ich euch gestern erklärt habe, muss ich um sieben bei der Arbeit sein, also setze ich euch um halb sieben bei Tante Vicki ab. Wenn ihr euch noch anziehen wollt, habt ihr achtundzwanzig Minuten oder ihr geht so, wie ihr jetzt seid. Tante Vicki macht euch Frühstück und packt euch Essen ein."

"Spitze", sagte Brent. "Tante Vicki macht tolle Jausen."

"Tante Vicki hat auch den ganzen Tag Zeit dafür", murmelte Esther auf dem Weg zur Dusche.

Esther sehnte sich danach, zuhause zu bleiben, gesunde Mahlzeiten zu kochen und ihre Familie zu behüten. Ihre Mutter war eine erfolgreiche Fashiondesignerin, die selten daheim war und viel Zeit in Modezentren in aller Welt verbrachte. Als Einzelkind hatte Esther eine Menge Zeit alleine verbracht. Sie schwor sich, dass sie kein Einzelkind haben und dass sie zuhause sein würde, wenn ihre Kinder von der Schule heimkehren. Sie wollte eine Familie mit zwei Eltern und zwei Kindern, eine Familie, in der die Mutter zuhause bleibt und ihren Kindern und ihrem Mann ein fürsorgliches Heim bieten konnte. Ihre Freundinnen, erfolgreiche Frauen in verschiedenen Karrieren, zogen sie immer wieder ihres ehrgeizlosen Lebensstils wegen auf. Sie nahm ihnen das Aufziehen nicht böse, da sie wusste, dass sie selbst andere Ziele hatte als ihre Freundinnen. Sie wollte eine großartige Frau, Mutter, Ehrenamtliche, Spendensammlerin und Chauffeurin sein. Vom Organisieren einer perfekten Geburtstagsparty wurde sie so erfüllt wie ein anderer vom Gewinnen eines schwierigen Falls oder vom erfolgreichen Abschluss eines Grundstückdeals.

Esther seufzte. "Das Leben ist das, was passiert, während man andere Pläne macht", zitierte sie John Lennon. "Bei dir hat es auch nicht wirklich geklappt, oder John?", sagte sie.

Als Esther schwanger wurde, war sie begeistert. Sie hatten mit ihren Jobs ein kleines finanzielles Polster zusammengespart und Darryl war sich ziemlich sicher, dass sie zuhause bleiben konnte, wenn sie kluges Management betrieben. Esther kündigte ihren Job als Gerichtsstenografin und Darryl nahm als Fluglotse zusätzliche Schichten an. Brent kam auf die Welt und Esther blühte darin auf, zuhause zu sein, Essen zu machen, mit Brent

Ausflüge zu unternehmen und mit ihrer Müttergruppe Kaffee trinken zu gehen.

Alles schien perfekt. Als Brent ein Jahr alt war, planten Esther und Darryl ein weiteres Kind. Esther wurde sehr bald wieder schwanger und ihr wunderschönes Mädchen wurde fast genau zu Brents zweitem Geburtstag geboren.

"Wir können uns so glücklich schätzen", sagte Esther zu Darryl. Wenn Darryl etwas müde und abgelenkt schien, schob Esther das auf den Stress durch seine Arbeit und die Tatsache, dass er zusätzliche Schichten machte. Am Tag seiner jährlichen Untersuchung gab sie Darryl einen Abschiedskuss und erinnerte ihn daran, dass sie am Abend Bud und Jean zu Gast hatten, Freunde, die sie beim La Maze-Kurs während Esthers erster Schwangerschaft kennengelernt hatten.

Darryl kam erst spät vom Arzt zurück. Als Esther ihn fragte, sagte Darryl, der Arzt hätte sich wegen seines Blutbildes Sorgen gemacht und hatte zusätzliche Tests angeordnet. Sie würden die Ergebnisse am nächsten Tag erhalten, und er würde sie beide um neun in seinem Büro sehen wollen.

Verblüfft bestellte Esther einen Babysitter.

Weder Esther noch Darryl waren für das vorbereitet gewesen, das Dr. Gibbs ihnen ankündigte. "Darryl, Sie haben Leukämie", sagte er. "Ich habe einen Termin bei einem der besten

Onkologen arrangiert. Für diese Krebsart gibt es gute Erfolgschancen. Sie sind jung.

Sie sind gesund."

Als sie die Ordination verließen, umklammerte Esthers zitternde Hand die Terminkarte für den Onkologen.

Beide waren fassungslos.

Die folgenden acht Monate waren wie eine wilde Achterbahnfahrt, voller großer Hoffnungen, enttäuschter Stimmungen und harter Feststellungen. Trotz des heldenhaften Aufwandes und der minutiösen Betreuung eines medizinischen Spitzenteams verlor Darryl seinen Kampf gegen den Krebs.

Betäubt und ungläubig betrachtete Esther die Lage: Darryls Versicherung war für die Arztrechnungen und das Begräbnis aufgekommen. Es war genug Geld übriggeblieben, um die Haushaltskosten zu bezahlen. Für unerwartete Kosten und die Studiengebühren der Kinder würde Esther selbst aufkommen müssen. Es gab keine andere Möglichkeit. Sie hatte sich darüber tausende Male den Kopf zerbrochen. Sie würde wieder arbeiten gehen müssen.

Leute, die es gut meinten, sagten ihr, dass sie sich glücklich schätzen könne. Sie hatte die Kinder. Sie hatte Verwandte in der Nähe, die sie unterstützen. Darryl hatte eine Rente und eine Lebensversicherung gehabt. Und Esther hatte die Möglichkeit, wieder zu arbeiten. Viele andere Witwen saßen auf einem riesigen

Schuldenberg aus Arztrechnungen und hatten keine Möglichkeit, dafür aufzukommen.

Einen Tag nach der Beerdigung rief Esthers früherer Chef an und teilte ihr mit, dass ihre alte Stelle verfügbar sei. Anscheinend war die Frau, die ihn übernommen hatte, ein junges Ding um die zwanzig, damit überfordert. Sie würde bald heiraten und wollte einen Job, der sie weniger erschöpfte. Sie würde Kosmetikerin bei einem örtlichen Kaufhaus werden.

Der Job würde Esther gehören, wenn sie es wollte. Er fragte, ob sie am Montag anfangen könnte.

Warum nicht? dachte sich Esther. *Wenn ich hier weiter im Selbstmitleid bade, helfe ich niemandem, auch nicht mir selbst.* Es war, als ob das Schicksal eingegriffen hätte, um ihr ihren alten Job wiederzugeben. Sie erinnerte sich an ein Zitat, nach dem Darryl gelebt hatte:

Ich glaube an Glück und Schicksal, und ich glaube an Karma, dass die Energie, die man in die Welt hineinsteckt, irgendwann auch wieder zu einem zurückkommt.

Chris Pines

"Darryl, bist das du, der mir sagt, dass ich mit meinem Leben weitermachen soll?", fragte sie.

Gewöhnlicherweise waren Frauen instinktiver als Männer, doch in ihrer Beziehung war Darryl der instinktivere gewesen. Er hatte mit seinen Vorahnungen das eine oder andere Mal einen Flugzeugzusammenstoß verhindert. Esther war immer die Distanziertere gewesen: Zuerst die Fakten. Die Logik zählt.

Die Logik und ihr Bankkonto teilten ihr mit, dass sie wieder arbeiten gehen musste.

Sie war sich nicht sicher, ob sie nach Jahren zuhause genug Energie zum Arbeiten haben würde. Aber Eleanor Roosevelt, eine ihrer Heldinnen, hatte gesagt "Man muss Dinge tun, von denen man denkt, sie nicht tun zu können". Bei Kräften gehalten von ihrem einseitigen Gespräch mit ihrem toten Mann und Eleanors erbaulichen Worten nahm Esther das Jobangebot an.

Esthers Schwiegermutter, die selbst ihren Mann verloren hatte, als ihre Kinder jung gewesen waren, überzeugte Esther, dass sie und ihre Kinder Therapie bräuchten.

"Du trägst enorm viel Trauer, Sorgen, Verantwortung

– ja sogar Zorn mit dir", betonte Estelle. "Das Leben hat dir übel mitgespielt. Das Leben, das du glaubtest zu leben, hat sich in wenigen Wochen radikal verändert", fuhr sie fort. "Such dir etwas Hilfe. Das habe ich auch getan und es nicht eine Sekunde bereut. Manchmal braucht jeder von uns Unterstützung", riet sie ihr. "Hab keine Angst zuzugeben, dass du kein Übermensch bist."

Esther befolgte Estelles Ratschlag und ging zu einer Selbsthilfegruppe für Witwen. Die Gastrednerin war eine Frau aus Wyoming. Nachdem ihr Mann plötzlich gestorben war, und sie mit den Kindern, einer erfolgreichen Karriere in der Unternehmenswelt und einer sterbenden Rinderfarm zurückgelassen hatte, verließ sie ihre alte Karriere und begann eine erfolgreiche Laufbahn als Schafzüchterin.

Esther wollte unbedingt erfahren, wie es diese Frau geschafft hatte, damit umzugehen, plötzlich Witwe zu sein, Kinder alleine großziehen zu müssen und noch dazu eine Karriere in einem männerdominierten Feld anzufangen und ihren alten, erfolgreichen Beruf aufzugeben.

Als sie Sarah Barnard kennenlernte, war sie sofort von ihrer warmen Ausstrahlung, ihren scharfen blauen Augen und der Tatsache, dass Sarah sofort "begriff", aus welcher Situation Esther kam, gefesselt.

Sie kennt die Hölle, in der ich stecke! dachte Esther. *Ich weiß aus Instinkt, warum sie ihren alten Beruf verlassen hat, um in Wyoming Schafe zu züchten und sie weiß, dass jeden Tag, an dem ich meine Kinder an jemand anderen abtreten muss und einen Job machen muss, den ich hasse, ein kleines Stück meiner Seele stirbt. Sarah versteht es!*

Als sie sie fragte, warum sie sich die Zeit nahm, zu Selbsthilfegruppen wie dieser zu sprechen, während sie eigentlich arbeiten müsste, sagte Sarah: "Vor Jahren hat mir jemand geholfen. Und ich habe geschworen, diese Tat weiterzugeben."

Mit diesem Ereignis begann eine Fernbeziehung, die sich über zwei Jahrzehnte erstrecken sollte.

Kapitel Sieben

Die Macht der eigenen Überzeugungen

„Schön zu sein heißt, man selbst zu sein. Man muss nicht von anderen akzeptiert werden, man muss sich nur selbst akzeptieren."

Thich Nhat Hanh

Nina setzte den letzten Karton ab und sah sich in ihrem neuen Zuhause um. Es war ein glücklicher Zufall gewesen, dass Sarahs Freundin Heather dieses kuschelige kleine Häuschen ergattert hatte. Es gab noch viel daran zu arbeiten, aber für sie und ihren vierjährigen Sohn Grady war es der perfekte Ort um einen Neuanfang auf eigenen Beinen zu wagen.

Für die letzten drei Jahre mit Sarah und Cathy zu leben, war ein Geschenk des Himmels gewesen. Es hatte ihr erlaubt, wieder zur Schule zu gehen und ihren Abschluss zu machen. Jetzt, wo sie eine ausgebildete Krankenschwester war, war das Häuschen in der Nähe des Krankenhauses wie für sie geschaffen. Grady fing gerade mit dem Kindergarten an. Der Bus blieb genau vor Sarahs Haustür stehen und Grady würde dort hingehen, wenn sie Nachtschichten machte.

Wie eine Großmutter war Sarah entzückt, mit Grady Zeit zu verbringen. Tatsächlich wären sowohl Sarah als auch Grady sehr damit zufrieden gewesen, wenn sie auf der Ranch geblieben wären.

Aber obwohl Nina Sarah immer dafür dankbar sein würde, dass sie sie und ihr Baby aufgenommen hatte, als sie nicht weiterwusste, war ihr klar, dass es jetzt Zeit war sich wie eine Erwachsene zu benehmen. Auf Sarahs Ranch zu wohnen, war wie in einem bequemen Kokon zu hausen. Es war leicht, sich nicht um das Durchbrechen der Hülle zu scheren. Man fühlte sich sicher. Die eigenen Flügel zu spreizen und sich wieder in das Unbekannte zu stürzen, war beängstigend.

Hatte sie was nötig war, um ihren Sohn alleine großzuziehen? Würde sie es schaffen, einen anspruchsvollen und anstrengenden Beruf und ihre Aufgaben als Mutter erfolgreich zu meistern? fragte sich Nina.

Waren alle Frauen, die das alleine durchstanden, so besorgt wie sie?

Sarah versicherte ihr, dass sie die richtige Entscheidung traf. „Diese Angst wird nicht immer da sein, weißt du", erinnerte sie Nina. „Du musst die Kontrolle über dein eigenes Leben übernehmen und deine eigene Familie aufbauen."

Als Nina sie tränenreich umarmte, flüsterte sie: „Du hast mein Leben gerettet, das weißt du!"

„Unsinn", protestierte Sarah. „Du hast dein Leben selbst gerettet. Du bist eine starke Frau. Ich war da, um dir unter die Arme zu greifen, als es nötig war. Eines Tages wirst du dasselbe für jemand anderen tun."

74

„Ich werde dich oft sehen", versprach Nina.

„Das hoffe ich doch", drohte Sarah scherzhaft. „sonst entführe ich deinen Sohn. Vergiss nicht, ich bin nur einen Anruf entfernt. Ich bin die nervige Oma, die du nie loswirst."

Sie gab ihr noch ein Päckchen und sagte „Das kannst du lesen, wenn du zwischendurch Zeit findest. Es wird dir helfen, dich auf das wirklich Wichtige im Leben zu konzentrieren."

Sie öffnete das Päckchen und hielt ein Exemplar von *One Less. One More. Follow Your Heart. Be Happy. Change Slowly* von Robbie Vorhaus in Händen. In den Umschlag hatte Sarah geschrieben:

„Wie unkompliziert kann das Leben unter allen Schichten der Verrücktheit sein, wenn wir uns nur auf das Wichtigste konzentrieren würden:

Mehr Spaß

Mehr Lachen.

Mehr Dankbarkeit und mehr Liebe."

Kapitel Acht

So viel Ausbildung wie möglich

„Niemand kann dich ohne dein Einverständnis dazu bringen,
dich minderwertig zu fühlen."

Eleanor Roosevelt

"Gib es zu", sinnierte Cathy. "Du vermisst den kleinen Hosenscheißer."

Den ganzen Sommer lang war Grady Cathy zu den Orten gefolgt, an denen sie malte. Während sie arbeitete, hatte er auf dem Skizzenblock, den Cathy ihm zum Geburtstag geschenkt hatte, seine eigenen Entwürfe angefertigt.

Als sie erkannte, dass er ein natürliches Talent besaß, fügte sie noch Pastell- und letztlich Ölfarben zu seiner Künstlerausrüstung hinzu.

Jetzt, da Nina und Grady in ihr lauschiges Haus neben dem Krankenhaus gezogen waren, merkte Cathy, dass das Malen alleine deutlich weniger reizvoll war.

Zuerst hatte sie das Eindringen anderer in ihr Leben, das sie gemeinsam mit Sarah geführt hatte, verachtet. Defensiv und unsicher, um ihre Fähigkeiten als Künstlerin, war sie anderen mit Feindseligkeit begegnet. Ihr Getöse und ihre Prahlereien dienten ihr als Abwehrmechanismen gegen Menschen, die ihr zu nahe kamen.

Nach und nach begann Cathy zu entspannen und ihren Schutzpanzer abzulegen. Nina, ebenso widerwillig, andere an sich heranzulassen, war damit zufrieden, dass Cathy in einer fernen Ecke des riesigen Hauses lebte. Aber kleine Kinder und kleine Tiere können Mauern niederreißen, hinter denen sich Erwachsene sonst ein ganzes Leben lang verschanzen würden.

Der Durchbruch geschah wahrscheinlich in der Nacht, als eine gereizte Cathy Ninas brüllendes Baby an sich nahm und das hundemüde Mädchen zurück ins Bett schickte. Von diesem Tag an wurde aus den drei Frauen – und dem Hund der Ranch – ein eingeschweißtes Team, das sich allein dem Wohl eines kleinen Kindes widmete.

Nina wurde eine von Cathys treuesten Unterstützerinnen und Grady ein eifriger Kunstschüler.

Solch eine Loyalität ist ein Segen!

Als Cathys Bilder die ersten Male in prestigeträchtigen Kunstgalerien zu sehen waren und sie sich damit ihren Lebensunterhalt finanzieren konnte, wuchs ihr Selbstvertrauen und sie begann, sich auch auf die Gefühle anderer zu konzentrieren.

Obwohl sie es nicht gerne sah, dass Nina und Grady auszogen, wusste sie, dass es das Richtige für sie war. Nina musste sich ein eigenes Leben für sich und ihren Sohn aufbauen, vielleicht jemand Netten kennenlernen und Teil einer richtigen Familie werden. Sie hatte hart darum gekämpft, sich wieder aufzurappeln, nachdem ihre Familie sie im Stich gelassen hatte. Am Tag, als sie ihren Abschluss als Krankenschwester erhielt, waren Sarah, Cathy und Grady ihre stolze Familie gewesen. Sie würden ihr auch weiterhin Unterstützung geben, wann immer sie sie bräuchte. Das macht man so in einer Familie.

Cathy lächelte. Sie erinnerte sich an die Miene auf Ninas Gesicht, als sie und Sarah ihr eines von Cathys Gemälden geschenkt hatten, das Ninas Lieblingsplatz auf der Ranch abbildete, an dem sie gelernt und nachgedacht hatte. Auf die Rückseite hatten sie geschrieben:

Von deiner Familie aus Wyoming, mit viel Liebe und Respekt.

Eine Familie muss nicht aus zwei Elternteilen undihren Kindern bestehen, dachte Cathy reumütig. Ihre Familie hatte das auf jeden Fall bewiesen! Weil Cathy nicht in dieses Schema gepasst hatte, war sie einfach ausgeschlossen worden. David Ogden Stiers sagte einmal: "Familie bedeutet, dass niemand zurückgelassen oder vergessen wird."

"Solange man in das Familienschema passt", fügte Cathy hinzu.

Cathys Familie ließ sich passender mit Jodi Picoults Definition eines Wolfsrudels definieren:

Als ich eines Morgens aufgewacht bin, dachte ich über Wölfe nach und realisierte, dass Wolfsrudel als Familien fungieren. Jeder hat eine Rolle und wenn man innerhalb der Rahmenbedingungen dieser Rolle arbeitet, ist das Rudel erfolgreich. Bricht diese Funktion zusammen, dann bricht das ganze Rudel zusammen.

Ordne dich unter, erfülle deine Rolle. Andernfalls vertreibt dich dein Rudel, dachte Cathy.

Sarah hatte ihnen den Wert einer Familie beigebracht, der man freiwillig beitrat. Sie hatte dabei oft die Worte von Richard Bach zitiert:

„Die Bande, die deine wahre Familie vereinen, sind nicht aus Blut, sondern aus Freude am eigenen und Achtung vor anderem Leben."

Nächste Woche würde auch Cathy aus ihrem Nest entschlüpfen. Eine von Sarahs Freundinnen besaß eine Kunstgalerie in SoHo. Die Wohnung darüber war kürzlich frei geworden. Es war der perfekte Wohn- und Arbeitsplatz für Cathy. Die Kunstgemeinschaft von New York City war spannend wie kaum eine zweite. Wie Sarah ihr gegenüber betonte, würde sie eine erweiterte Familie kennenlernen.

Sarah hatte noch eine weitere enge Freundin kontaktiert, Clarice Reynolds, mit der sie gemeinsam in der Schule gewesen war. Sie bat sie, Cathy ihrem Freundeskreis vorzustellen und ihr zu helfen, erste Kontakte zu knüpfen.

"Natürlich mache ich das", versprach Clarice. "Lydia hat auch alle möglichen Kontakte in der Geschäftswelt und unter Juristen hier in der Stadt. Zurzeit steckt sie ein bisschen in einer Krise, also wird ihr das sicher gut tun", sagte Clarice ehrgeizig.

"Was hat denn mein Lieblingstaufkind?", fragte Sarah. "Sie hat doch gerade diesen Riesenfall gewonnen und ist zum Partner ernannt worden. Da müsste sie doch im siebenten Himmel sein."

"Es scheint als ob sie darüber grübelt, ob dieser Weg für ihr Leben der richtige ist.", erklärte Clarice. "Sie ist gerade vierzig geworden und ich fürchte, dass ihre biologische Uhr abläuft. Sie spielt mit dem Gedanken, ihre Karriere hinzuschmeißen."

"Ah, ich verstehe", sagte Sarah. "Warum schlägst du ihr nicht vor, dass sie sich frei nimmt und mich mal besucht?" "Ich werde es ihr nahelegen ", stimmte Clarice zu. "Eine Woche bei dir und sie wird entweder ihren Job hinschmeißen oder so schnell wie der Blitz wieder arbeiten gehen!"

"Danke…schätze ich", sagte Sarah und lachte. "Ich habe eine junge Frau, die mit ihren Kindern einziehen wird und Cathy, die in deine Stadt zieht. Es wäre wunderbar, wenn Lydia sie beide kennenlernen könnte."

"Ich verspreche dir nichts, aber ich sehe, was ich tun kann. Übrigens, wann werden wir beide uns mal wiedersehen? "

"Meine Tür steht immer offen", sagte Sarah.

"Ach, ich habe so viele Fälle, dass ich hier nicht wegkomme."

"Und ich habe viele Lämmer auf die Welt zu bringen", sagte Sarah.

"Du hast recht", räumte Clarice ein. "Lämmer auf die Welt bringen ist wichtiger als für einen Kinderhort Spenden zu sammeln. Außerdem bin ich an der Reihe, dich zu besuchen. Ich könnte doch Lydia überreden, einen Road-Trip nach Wyoming zu unternehmen, oder? Wir könnten so ein "Thelma und Louise-Frauen- Verbundenheits-Ding" durchziehen."

"Wenn ihr das macht, könnte Lydia ein paar Tage bei mir bleiben und Cathy könnte mit dir zurückfahren. So könntet ihr euch auf dem Rückweg gut kennenlernen."

"Langsam finde ich diesen Vorschlag spannend. Ich werde Bryan gleich anrufen, damit er Lydia überreden kann, mitzumachen. Er macht sich wirklich Sorgen um sie. Ihr ging es noch nie so schlecht."

"Ruf mich an, sobald du weißt, wann ich euch erwarten kann", sagte Sarah. "In der Zwischenzeit kann ich Cathy über euren Trip erzählen."

"Sapperlot! Du bist aber sehr optimistisch, dass das funktioniert, oder?", lachte Clarice.

Sarah kicherte. "Ich habe noch nie erlebt, dass du dich nicht in etwas hineinbeißt, was du wirklich willst".

"Das stimmt", gab Clarice zu. "Ich habe die besten Überredungsmittel auf meiner Seite. Ich freue mich, dich wiederzusehen, alte Freundin.

„Und ich dich", antwortete Sarah. „Wir haben uns sicher viel zu erzählen."

Kapitel Neun

Verbinden und Selbstverwirklichung

„Man lebt nur einmal, aber, wenn man es richtig macht, ist einmal genug."

Mae West

"Ich bin froh, dass wir das gemacht haben, Mama", sagte Lydia zu ihrer Mutter. "Wir sehen uns ja nicht oft, mit meinem Job und deinen vielen Projekten. Ich freue mich auch darauf, Sarah besser kennenzulernen. Ich hab sie wirklich gemocht, an dem Abend, an dem wir gemeinsam essen waren. Ich glaube, dass wir verwandte Seelen sind."

"Und ich glaube, dass ich in einer Folge von Anne auf Green Gables bin" bemerkte ihre Mutter trocken. "*Verwandte Seelen*, Lydia?"

"Naja, vielleicht ist das ein bisschen melodramatisch", gab Lydia zu. "Aber es schien einfach Klick zu machen zwischen uns."

"Das sollte es auch", sagte Clarice. "Immerhin ist sie deine Taufpatin."

"Sie ist was?", schrie Lydia. "Warum hast du mir das vorher nie gesagt?"

"Es hat sich einfach nicht ergeben", antwortete Clarice. "Als du alt genug warst, dich dafür zu interessieren, war Sarah mit ihrem

Unternehmen beschäftigt. Dann heiratete sie und ist in die Ferne verschwunden. Aber selbst in ihrem vollbeschäftigten Leben hat sie dich immer interessiert beobachtet. Ich habe ihr immer neue Fotos und Zeitungsausschnitte von dir geschickt. Sie hat sogar eine Sammlung mit deinen Erfolgen – darunter auch der Moment, als du beim Buchstabierwettbewerb in der zweiten Klasse

‚Zivilprozess‘ richtig buchstabiert hast.“

“Dieser Besuch wird jeden Moment interessanter”, meinte Lydia. “Erzähl mir mehr von der Künstlerin.“

“Über sie weiß ich nicht viel“, antwortete Clarice. “Nur das, was mir Sarah erzählt hat. Sie heißt Cathy. Sie entstammt einer Familie von Geschäftsleuten. Cathys Geschwister haben alle MBA-Abschlüsse vom MIT und sind im Familienunternehmen eingestiegen. Cathy sollte ein Wirtschaftsstudium absolvieren und auch eine Karriere in der Wirtschaft starten. Obwohl sie Talent hatte, warnte sie ihr Vater, dass Kunst kein “echter Beruf“ sei und keine finanziellen Perspektiven hätte. Als Cathy darum bat, auf eine Kunstschule gehen zu dürfen, wurde ihr gesagt, sie solle Wirtschaft studieren und nicht mit Kunst herumstümpern, die letztendlich nicht mehr als ein

‚Hobby‘ sei.“

“Wow! Ihre Eltern klingen ja wie Tyrannen”, merkte Lydia an.

Clarice lächelte. ”Alle Eltern denken, dass sie am besten wissen, was für ihre Kinder gut ist und wollen sie von schlechten
90

Entscheidungen abhalten. Hast du dich jemals gefragt, was dein Vater gemacht hätte, wenn jemand von euch Kindern nicht Rechtswissenschaften studieren hätte wollen?"

"Hättest du dich nicht für mich eingesetzt, wenn ich mich lieber der Kunst oder der Musik gewidmet hätte?", fragte Lydia.

"Nicht so wie du singst oder malst, Liebling!", rief ihre Mutter. "Verstehst du nicht? Ich hatte Glück. Ich musste mich nicht zwischen euch und den Richter stellen, weil ihr Kinder für seine Berufspläne wie geschaffen wart."

"Manchmal frage ich mich, wie anders mein Leben gelaufen wäre, wenn ich die ,weniger befahrene Straße' eingeschlagen hätte", seufzte Lydia.

"Red' keinen Unsinn, Kleine! Du liebst es, Recht auszuüben und du bist auch verdammt gut darin! Bei allem anderen wärst du todunglücklich gewesen."

"Das stimmt", gestand Lydia ein. "Aber manchmal, wenn ich meine Freundinnen und ihre Familien anschaue, frage ich mich..."

"Was? Dass du Kinder gewollt hättest, die von Kindermädchen großgezogen würden und in Internaten gelebt hätten?"

"So war es bei uns nicht", protestierte Lydia. "Wir hatten eine glückliche Kindheit."

"Natürlich hattet ihr die", sagte Clarice. "Und zwar weil euer Vater und ich entschieden hatten, dass ich bei den Kindern bleibe und er das Geld nach Hause bringt."

"Warst du nie betrübt, dass du deine Karriere aufgeben musstest und dass Papa so oft weg war?", fragte Lydia.

"Sicher nicht", sagte ihre Mutter. "Naja, vielleicht doch ein bisschen als ich mit kranken Kindern zuhause saß und euer Vater auf einer Konferenz der Anwaltskammer in Hawaii weilte. Aber das ist nur ein Teil des Elternseins. Es war die Rolle, die mir zugeteilt wurde, so wie das Recht der Weg eures Vaters war."

"Aber was hättest du gemacht, wenn ihr keine Kinder gehabt hättet?", fragte Lydia. "Was hast du gemacht, bevor du damit aufgehört hast, als wir kamen?"

"Ich war Anwaltssekretärin", sagte ihre Mutter. "Durch mein Einkommen konnte euer Vater sein Studium abschließen. Und bevor du sagst, dass ich so etwas wie eine Heilige war", fügte Clarice hinzu, "dein Vater hat in zwei Jobs gearbeitet und dazu noch studiert."

"Trotzdem hat er für unser Studium bezahlt und uns untersagt, Arbeit anzunehmen, die mit Recht nichts zu tun hatte. Warum hat er es uns so leicht gemacht, wenn es für euch so schwer war?"

"Weil, mein Schatz, weder euer Vater noch ich wollten, dass ihr das Leben durchleidet, das wir durchlitten haben. Alle Eltern wollen das Beste für ihre Kinder."

Kapitel Zehn

Plane deinen Werdegang

„Eine starke Frau versteht, dass Gaben wie Logik, Entschlossenheit und Stärke ebenso feminine sind wie Intuition und emotionale Verbundenheit. Sie schätzt und nützt all ihre Gaben."

Nancy Rathburn

Als sie in die Einfahrt fuhren, stürmten ein kleiner Junge und ein großer, schwarzer Labrador mit Volldampf aus dem Garten hervor und brüllten und bellten so laut wie sie konnten.

"Das nenne ich Mal einen Empfang", sagte Clarice.

Lydia lächelte wehmütig, als sie den überschwänglichen Jungen und seinen Hund sah. *Ich könnte ein Kind in dem Alter haben, wenn ich die weniger befahrene Straße genommen hätte*, dachte sie.

Die Vordertür öffnete sich und unterbrach Lydias Grübeleien.

"Ihr beide müsst Lydia und Clarice sein", sagte eine lebhafte rothaarige Frau. Ihre grünen Augen funkelten und ihr Grinsen hieß sie willkommen. "Wie ich sehe, habt ihr schon Grady und Scout kennengelernt", sagte sie. "Schwer zu glauben, dass ich ihm vor wenigen Jahren noch die Windeln gewechselt hab, damit seine junge Mutter etwas schlafen konnte, oder? Schöne Zeiten", fügte sie liebevoll hinzu.

"Wir sind wirklich froh, hier zu sein", sagte Clarice und schüttelte ihr die Hand. "Ich wette du bist Cathy, die Künstlerin. Ich bin Clarice und das ist meine Tochter Lydia."

"Bitte kommt doch rein", sagte Cathy. "Sarah ist unten bei der Scheune mit den Lämmern. Es ist eine geschäftige Zeit für sie. Sie hat mich gebeten, euch eure Zimmer zu zeigen. Der Koch wird das Essen um sechs fertig haben. Wollt ihr euch vorher noch etwas ausruhen?"

"Das würde ich gerne, danke", gab Clarice zu. "Diese alten Knochen reisen nicht mehr so gerne wie früher!"

"Wenn es euch nichts ausmacht, würde ich gerne etwas spazieren gehen", sagte Lydia.

"Soll ich dich begleiten?", fragte Cathy. "Oder gehst du lieber allein?"

"Ich komme aus New York, Cathy", antwortete Lydia lachend. "Wir haben keine Ahnung wie es ist, alleine zu gehen. Ich hätte gerne Gesellschaft. Aber ich will dich auch nicht von der Arbeit abhalten."

"Ich bin heute sowieso fertig. Ich arbeite normalerweise morgens und am frühen Nachmittag, wenn das Licht in meinem Studio am besten ist."

"Nach unserem Spaziergang würde ich mir gerne ein paar deiner Werke anschauen."

"Viel Spaß, Mädels. Ich gehe dann mal und mache meinen Schönheitsschlaf", sagte Clarice.

"Wie lange kennst du Sarah schon?", fragte Cathy.

"Ich habe sie vor kurzem kennengelernt, als sie wegen der Schafzüchterkonferenz in New York war", antwortete Clarice.

"Wirklich?", fragte Cathy überrascht. "Ich dachte sie und deine Mutter wären alte Freunde?"

"Oh, das sind sie", sagte Lydia. "Aber das war meine erste Begegnung mit ihr. Anscheinend ist sie meine Taufpatin. Aber kurz nach der Taufe ist Sarah fortgezogen. Als sie meine Mutter besucht hat, war ich auf der Uni und somit habe ich sie nie kennengelernt. Und du?"

„Ich bin bei Sarah eingezogen, als meine Eltern mich rausgeworfen haben, weil ich nicht aufs MIT gegangen bin und lieber meinem brotlosen Hobby nachging! Ich bin eingezogen, bis ich mich etablieren konnte. Das war vor fünf Jahren."

„Warum bist du so lange geblieben?", fragte Lydia.

„Zuerst brauchte ich wirklich finanzielle Unterstützung. Dann sind Nina und ihr Baby eingezogen und ich blieb hier, um zu helfen. Aber die Wahrheit ist: Ich habe mich hier als Teil einer Familie gefühlt, wie nie zuvor bei meiner biologischen Familie. Sarah hatte so etwas Ermutigendes, so etwas Unvoreingenommenes..."

„Lustig, dass du das sagst", sinnierte Lydia. "Als ich sie kennenlernte, spürte ich eine sofortige Verbindung zu ihr."

Cathy lachte. „Diese Wirkung hat Sarah auf die meisten Frauen, die sie kennenlernen. Warte nur, bis du Ninas Geschichte hörst."

„Ich glaube, einen Teil davon kenne ich schon", sagte Lydia. " Sarah brachte sie mit nach Hause, als sie sie obdachlos mit einem kleinen Baby im Park aufgelesen hatte. Ihre Eltern hatten sie rausgeschmissen, weil sie schwanger und ohne Partner war, was ihre soziale Stellung gefährdet hätte, diese herzlosen Mistkerle!", brummte Lydia.

„Red nur weiter, Lydia!", sagte Cathy lachend. „Sag uns genau, was du empfindest. Halte dich nicht zurück."

„Tut mir leid", sagte Lydia verärgert. „Es macht mich nur so verdammt wütend, wenn Leute die Menschen schlecht behandeln, die sie eigentlich behüten sollten."

„Ich weiß was du meinst", sagte Cathy reumütig.

„Und wo wir grad beim Thema sind, auch deine Eltern sollten hoffen, dass sie mich nie persönlich treffen!"

„Oh, ich würde dir gern meinen Vater vorstellen!", sagte Cathy. „Dafür würde ich sogar Tickets kaufen!"

„Ich hatte so ein Glück, dass meine Eltern meine Berufspläne unterstützt haben."

"Ich will meine Eltern nicht verteidigen, Lydia", sagte Cathy, "aber, wenn ich nach den Regeln meines Vaters gespielt hätte, wäre ich auch die brave Tochter geblieben!"

„Das hat auch meine Mutter gesagt", gab Lydia zu.

„Sie sagte, dass alle Eltern denken, das Beste für ihre Kinder zu wissen und dass sie versuchen, ihre Kinder von Fehlern abzuhalten."

„Mein Vater würde sagen, dass es alle Eltern besser wissen."

„Meine Mutter würde sagen, dass Kinder das Recht haben sollten, ihre eigenen Fehler zu machen."

„Ich mag deine Mutter jetzt schon", sagte Cathy.

„Hoffentlich sagst du das auch noch, wenn du mit ihr durch den halben Staat gefahren bist", lachte Lydia.

"Wir sollten zurückgehen. Es ist fast Essenszeit."

"Ja, machen wir das", stimmte Lydia zu. „Vergiss nicht, du wolltest mir nach dem Essen deine Bilder zeigen", erinnerte Lydia zu Cathy. „Du wolltest das", sagte Cathy.

Kapitel Elf

Teile deine Wünsche und Bedürfnisse mit

„Was immer du tust, sei anders – das war der Rat, den mir meine Mutter gab, und für einen Unternehmer kann ich mir keinen besseren vorstellen. Wenn du anders bist, wirst du herausstechen."

Anita Roddick

"Warum haben wir das nicht früher gemacht?", fragte Clarice Sarah, als sie nach dem Essen im Wohnzimmer ihren Kaffee tranken. Die jungen Stimmen von Lydia und Cathy erklangen von der Küche her, als die beiden aufräumten.

„Wir haben es früher nicht gemacht", betonte Sarah,

„weil du immer gesagt hast, es ist zu weit weg oder du könntest nicht weg und du würdest mich ohnehin sehen, wenn ich nach New York käme."

„Das Problem mit dir, meine Freundin, ist, dass du brutal ehrlich bist."

„Ah, so ist das", sagte Sarah und füllte ihre Tassen mit Kaffee nach.

„Denkst du jemals über die ‚weniger befahrene Straße' nach, Sarah?"

„Wie du dich erinnern wirst, Clarice, habe ich diese Straße genommen."

„Aber was, wenn du mit deiner alten Karriere weitergemacht hättest? Du warst ein aufstrebender Stern."

„Dann würde in diesem Moment ein jüngerer, besser ausgebildeter und energischerer aufstrebender Stern versuchen, mich von der Karriereleiter herunterzustoßen, damit er oder sie die Sprosse über mir erklimmen könnte, und ich hätte Albträume über den Fall, wäre von Antazida abhängig oder ich wäre schon an Stress und Burn-out gestorben. Ich habe es bei meinen Altersgenossinnen selbst gesehen. Nein danke. Ich ziehe lieber Schafe groß als meinen Blutdruck."

"Aber vermisst du die Aufregung nicht?"

„Kein bisschen. Ich habe sie gegen eine andere Art der Aufregung eingetauscht."

"Ich habe große Angst, dass Lydia ihre erfolgreiche Anwaltskarriere hinwerfen wird, um als Frau und Mutter zuhause zu bleiben!"

„Sie ist ein großes Mädchen, Clarice. Sie ist mehr als fähig, ihre eigenen Entscheidungen zu treffen. Was sagt Bryan eigentlich dazu?"

"Der ist starr wie ein Hirsch im Scheinwerferlicht. Das hat er sich für sein sorgfältig geplantes Leben nicht vorgestellt."

„Das kann ich mir denken", sagte Sarah trocken.

„Sei nicht zu hart mit Bryan", mahnte Clarice. „Bis vor kurzem haben sie das beide so gewollt."

„Und nur, weil jemand einen Ehevertrag unterschrieben hat, darf er seine Meinung nicht mehr ändern?", fragte Sarah.

„Was immer Lydia im Moment glaubt zu wollen, hoffentlich ist es nicht so eine „ich bin bald vierzig und meine biologische Uhr läuft ab"-Sache", sagte Clarice.

„Von ihrer Entscheidung hängt viel ab! Kannst du bitte mit ihr reden, Sarah?"

"Sicher, ich rede mit ihr", stimmte Sarah ein. „Aber dir gefällt vielleicht nicht, was ich ihr sagen werde!"

„Wie du gesagt hast, Sarah, meine Tochter ist eine erwachsene Frau. Ich bin sicher, dass ihr etwas Zeit ohne ihre Arbeit, Bryan und der Stadt helfen wird, ihren Kopf klar zu kriegen."

"Du glaubst wohl, dass sie nach ein oder zwei Wochen mit mir und den Schafen wieder zurück zur Zivilisation fliehen wird. Oder, Clarice?", sagte Sarah lachend.

„Ich garantiere dir, dieses Leben ist nichts für jeden!"

Kapitel Zwölf

Netzwerke

„Du bist mächtiger als du denkst; du bist schön, so wie du bist. "

Melissa Etheridge

"Danke, dass du mich nach New York City fährst, Clarice. Das ist so viel schöner als mit dem Bus durchs Land zu fahren oder in einem riesigen, fremden Flughafen zu landen."

„Ich bin froh, Begleitung zu haben, Cathy. Lydia wäre wohl nicht bei Sarah geblieben, wenn sie gewusst hätte, dass ich alleine zurückfahre. Sie braucht etwas Zeit ohne ihren Job und ihr Leben in der Stadt, um einen besseren Blickwinkel zu bekommen."

"Du klingst ja so, als ob du erwartest, dass einen das Leben auf einer Schaffarm dazu bringt, mit der Kreditkarte in der Hand zum nächsten Flughafen zu rasen", sagte Cathy kichernd.

"Naja, was denkst du?", fragte Clarice.

„Ich kann nicht sagen, was das Leben auf Sarahs Ranch für Lydia bringen wird. Aber mir hat es geholfen, eine neue Perspektive zu erhalten und mich selbst zu finden."

„Sarah und Lydia haben mir beide ein bisschen von dir erzählt", sagte Clarice. „Aber ich würde deine Geschichte wirklich gerne von dir hören."

"Es ist ziemlich simpel", sagte Cathy. „Der Plan meines Vaters für mich war, dass ich diese unsinnige Malerei vergesse und einen guten Wirtschaftsabschluss mache – am besten noch vom MIT – dann nach Hause komme, dem Familienunternehmen beitrete und eine Menge Geld verdiene. Irgendwann würde er dann den perfekten Mann für mich finden, damit wir ihm 2,5 Erben für die nächste Generation von Immobilienhaien schenken könnten. Als ich ihn fragte, das College der bildenden Künste besuchen zu dürfen, gab er mir ein Alles-oder- Nichts-Ultimatum. Meine Mutter und meine Geschwister waren der Ansicht, ich sollte dem väterlichen Plan folgen. Als ich mich weigerte, saß ich auch schon vor der Türe, ohne Geld, ohne Wohnort und ohne Job. Sarah hat mich bei sich aufgenommen, bis ich selbst auf eigenen Beinen stand und – lange Rede, kurzer Sinn – das war vor über zehn Jahren!"

Cathy lächelte, als sie sich erinnerte. „Sie war immer meine entschiedenste Unterstützerin. Sie sagte meinen Eltern, jeder könne ein Arzt sein, oder ein Zahnarzt, oder ein Anwalt, so wie meine Geschwister.

‚Aber ein Künstler zu sein braucht wirklich Mut und Talent.‘, hat sie ihnen gesagt. ‚Cathy ist schon auf dem Weg nach oben. Ihr solltet sie unterstützen, statt ihr Steine in den Weg zu legen.‘ Natürlich waren sie davon nicht beeindruckt oder überzeugt."

„Hast du von deiner Familie gehört?"

„Wie ich hörte, behalten sie mich im Auge und würden mich wieder willkommen heißen, wenn ich wieder zur Vernunft komme."

„Wenn sie dich im Auge behalten, wie du sagst, dann müssen sie doch wissen, wie erfolgreich du jetzt bist", sagte Clarice.

„Das zählt nicht", sagte Cathy achselzuckend. „Es ist nicht Teil ihres Spielplans."

„Das kann ich kaum glauben", sagte Clarice.

„Wie hätte denn dein Mann, der Richter, reagiert, wenn Lydia lieber eine Primaballerina geworden wäre?", fragte Cathy.

„Nicht sehr gut", stimmte Clarice ein. „Ich sehe, worauf du hinauswillst."

Cathy seufzte. „Ich war von der Reaktion meines Vaters nicht überrascht. Aber was mich wirklich enttäuschte, war, dass meine Mutter und meine Geschwister nicht zu mir hielten und nur in den Tenor meines Vaters einstimmten."

„Nun, ich hoffe, dass ich hinter allen Entscheidungen meiner Kinder gestanden hätte, egal wie unkonventionell sie auch gewesen wären", rettete sich Clarice.

„Es ist okay, Clarice du kannst meine Entscheidung unsinnig nennen", sagte Cathy. „Das höre ich schon mein halbes Leben lang."

„Reden wir lieber über deine Kunst", sagte Clarice, um rasch das Thema zu wechseln. „Lydia sagte mir, du bist sehr talentiert."

„Lydia ist zu nett", erwiderte Cathy.

"Das ist mir noch nicht aufgefallen", sagte Clarice.

„Lydia ist eine scharfe Beobachterin. Sie würde nie nur aus Höflichkeit sagen, dass du gut bist. Lydia ist nicht so taktvoll – und sie sagt auch nichts, nur um Leuten Honig ums Maul zu schmieren. Aber sie erkennt Talent, wenn sie es sieht. Lydia hat eine Menge guter Firmenkunden. Sie wird dir sicher einige hilfreiche Kontakte verschaffen können."

„Witzig, dass du das sagst", sagte Cathy. „Denn genau das Gleiche hat sie mir über dich erzählt."

Clarice lachte. „Schuldig in allen Punkten", sagte sie.

"Lydia erzählte, du hattest eine vielversprechende Karriere, bevor du geheiratet hast. Aber du hast alles hingeworfen – das waren Lydias Worte, nicht meine!

– um eine Hausfrau zu werden – das waren auch ihre Worte."

„Was Lydia dabei ironischerweise nicht erkennt ist, dass ich meine Kinder als meine neue Karriere betrachtete und dafür mit Freude meine alte aufgab. Ich frage mich, ob sie je bedacht hat, dass ihre Entscheidung ihr Leben permanent verändern könnte."

„Es ist doch eine Ironie des Schicksals, oder?", stimmte Cathy zu. „Vielleicht beunruhigt Lydia weniger die Möglichkeit, nicht mehr Mutter zu werden, als dass sie nicht alle Möglichkeiten erforscht hat?"

„Lydia war immer voll und ganz auf ihren Beruf konzentriert. Sie hat nie von ihrem Vorhaben abgewichen, Anwältin zu werden. Sie hat sogar geplant, ihrem Vater in den Beruf eines Richters zu folgen. Und jetzt, kurz vor ihrem vierzigsten Geburtstag…passiert das!"

„Ich weiß, wie das mit diesen runden Geburtstagen sein kann", sagte Cathy. „Als ich die fünfzig vor mir hatte, gab mir das den letzten Stoß, den ich brauchte, um aus dem bequemen Nest bei Sarah auszubrechen. Das, und die Tatsache, dass Sarah mir einen kräftigen Tritt gegeben hat!"

„Sarah will nicht, dass du gehst, weißt du", sagte Clarice. „Ihr beide habt euch gemeinsam ein bereicherndes Leben aufgebaut. Aber sie weiß, dass es für dich Zeit ist, den nächsten Schritt in deiner Karriere zu unternehmen. Sie ist leidenschaftlich stolz auf dich und nimmt dich auch in Schutz!"

"Sarah hat meine Karriere gerettet. Sie hat mich keine Miete zahlen lassen, als ich mir nicht einmal mehr selbst Zahnpasta leisten konnte. Sie hat ein Kreditkonto beim Kunstladen in der Nähe für mich eröffnet. Sie hat mich angespornt, wenn ich Motivation brauchte und ich konnte mich an ihrer Schulter ausweinen, wenn ich eine Blockade hatte. Ich kann niemals zurückzahlen, was sie alles für mich getan hat. Sie, Nina und Grady sind meine wahre Familie."

„Was hat Sarah wegen des Geldes gesagt?", fragte Clarice.

„Sie sagte, dass ihr einmal jemand geholfen hatte, als sie dringend Hilfe brauchte, und sie diese Tat nur weitergab. Als ich genug verdiente, um mich selbst am Leben zu halten, und versuchte, ihr etwas zurückzuzahlen, sagte sie mir, ich solle es an jemand anderen weitergeben, wenn sich die Gelegenheit bot."

"Und wirst du das tun?"

"Auf jeden Fall! Ich habe schon begonnen, Grady Kunstunterricht und Zeichenmaterialien zu geben, und das ist erst der Anfang."

„Dann funktioniert Sarahs Plan ja!"

Kapitel Dreizehn

Finde einen Mentor

„Ich habe immer das getan, wofür ich kaum vorbereitet war. Ich denke, auf diese Art wächst man.

Wenn dieser Moment des ‚Wow, ich bin mir nicht sicher, ob ich das schaffe' kommt, und man solche Momente hinter sich bringt, dann hat man einen wirklichen Durchbruch erreicht."

Marissa Mayer

"Wie läuft's bei der Arbeit?", wurde Nina von Sarah während ihres wöchentlichen Mittagessens gefragt.

"Gut", antwortete Nina. "Gottseidank gibt es noch jeden Tag kranke und leidende Menschen."

"Es weht ein übler Wind, der niemandem gut tut", meinte Sarah.

"Hast du von Cathy gehört? ", fragte Nina.

"Ich bekomme jeden Tag eine Mail", antwortete Sarah. "Das Mädchen hält ihre Versprechen."

"Sie ist der Ansicht, dass sie dir die Welt schuldet", sagte Nina. "Sie fühlt sich auch von uns entwurzelt, ihrer Familie."

"Das mag sein", gab Sarah zu. "Aber es gibt auch einen Unterton von Begeisterung in ihren Worten. Sie hatte gerade ihre erste

Vernissage und in weniger als eine Stunde waren alle Werke verkauft."

"Darin erkenne ich die Handschrift von Lydia und Clarice", sagte Nina. "Die beiden haben wirklich Macht."

"Ja, die haben sie", sagte Sarah lachend. "Aber Cathy hat auch unglaubliches Talent."

"Die guten Netzwerke, die ihr jetzt zur Verfügung stehen und dass Lydia ihre erste Ausstellung geleitet hat, hat sicher auch nicht geschadet."

"Hast du mitbekommen, was sie mit Cathys Eltern gemacht hat?"

"Angeblich sind sie zur Eröffnung aufgetaucht, die nur für geladene Gäste war, und das ohne Einladungen.

Sie wurden sanft hinausbegleitet!", sagte Nina. "Ich hätte viel dafür gegeben, um das sehen zu können!"

"Lydia hat den Sicherheitsleuten die strikte Anweisung gegeben, dass niemand ohne Einladung eingelassen würde – ohne Ausnahmen!", berichtete Sarah. "Sie hatte so darauf gehofft, dass Cathys Eltern versuchen würden, die Party zu ruinieren."

"Hat der Richter einen Lachanfall bekommen, als er das gehört hat?"

"Der Richter hat Lydia sogar dazu geraten, bei der Polizei eine einstweilige Verfügung zu erwirken", sagte Sarah. "Anscheinend ist er auch kein Fan von Cathys Vater. Er hält ihn für einen aufgeblasenen Angeber."

"Wie geht es Lydia?", fragte Nina.

"Der geht's gut. Anscheinend hat ihr die Zeit mit den Schafen dabei geholfen, ihre Prioritäten zu überprüfen."

"Also hat sie das mit der Familie aufgegeben?"

"Nicht ganz!", sagte Sarah energisch. "Als sie zurück nach New York kam, haben sie und Bryan ein langes Gespräch geführt. Sie haben jetzt vor, ein behindertes Kind zu adoptieren. Sie finden, dass sie genug Geld und Hingabe haben, um einem Kind, das es schwer hat, zu helfen, und sie wollen auch damit der Allgemeinheit etwas zurückgeben."

"Ich frag mich, woher sie diese Idee haben!", sagte Nina.

"Eventuell habe ich ihnen einige Bücher gezeigt", gab Sarah zu.

"Sarah, ich habe gesehen, dass du Lydia eine Ausgabe von *Adopting the Hurt Child* auf den Nachttisch gelegt hast", sagte Nina.

"Ich habe ihr nur ein bisschen etwas zu Lesen angeboten", sagte Sarah und zuckte bescheiden mit den Achseln.

"Es war eine gute Idee", meinte Nina. "Es gibt so viele Kinder mit besonderen Bedürfnissen, die ein gutes Zuhause brauchen, und auch die Ressourcen, über die Lydia und ihr Mann verfügen. Aber

121

wie wird sie das zeitlich schaffen, wo sie doch gleichzeitig arbeiten muss?"

"Es gibt noch einen Hammer", sagte Sarah. "Clarice bot ihnen an, dass sie auf das Kind aufpassen könnte, wenn Lydia und Bryan arbeiten."

"Und wie kam das an? "

"Lydia sagte ihrer Mutter, dass sie für sie immer die beste Hausfrau gewesen war, die sie sich vorstellen konnte. Sie würde es mit Freude begrüßen, wenn sie ihr dabei hilft, ihr Kind großzuziehen. Sogar der Richter freut sich auf das Kind. Er hat sich entschieden, seine Arbeitszeit zurückzunehmen, damit er auch mithelfen kann."

"Was sind Clarices Gründe dafür?

"Die Zeit, die sie mit Grady verbracht hat, während sie hier war, hat ihr klargemacht, wie sehr sie es vermisst, Kinder um sich zu haben."

"Eine weitere Erfolgsgeschichte für dich, Sarah. Weißt du Neues über Sheila?"

"Sheila und ich haben zweimal im Monat Kontakt", sagte Sarah. "Wie es der Zufall will, treffen wir uns morgen Abend zum Essen. Warum kommst du nicht mit? Du hast doch nach frischen Ideen für das neue Wohnzimmer gesucht. Sheila ist genau die, die du fragen solltest."

"Wenn du nicht glaubst, dass ich mich bei euch einmische", meinte Nina zögernd.

"Einmischen?", stieß Sarah aus. "Ich habe dich doch gefragt! Außerdem habt ihr beide viel gemeinsam. Ihr habt euch mal ein Zimmer geteilt – wenn auch zehn Jahre dazwischen lagen!"

Kapitel Vierzehn

Selbstvertrauen kultivieren und praktizieren

„Eine Menge Leute haben Angst, zu sagen, was sie wollen.
Deswegen bekommen sie es auch nicht."

Madonna

"Hallo, Nina. Ich bin froh, dass du uns Gesellschaft leistest. Sarah erzählt immer so viel über dich und Grady. Es kommt mir vor, als ob ich dich schon lange kenne."

"Das Gefühl habe ich auch, Sheila. Danke, dass du nichts dagegen hast, dass ich mich in deine Zeit mit Sarah einmische."

Sheila suchte nach ihrem Handy und runzelte die Stirn. "Sarah verspätet sich. Weißt du, es ist gerade Ablammsaison. Sie meint, wir sollen ohne sie bestellen, und sie kommt dann, sobald sie kann."

"Ach, das ist schade. Ich weiß, dass du dich darauf gefreut hast, sie wieder zu sehen. Wenn du die Sache verschieben willst, habe ich nichts dagegen."

"Ach, Blödsinn! Wir sind doch schon hier. Ich weiß nicht, wie es dir geht, aber ich verhungere. Ich habe eine Weile Ruhe von meinen Kindern, lass uns essen!"

"Da bin ich bei dir. Grady isst bei unserer Nachbarsfamilie. Er liebt sie."

"Wie alt ist Grady?"

"Er ist gerade neun geworden." "Und deine Kinder?"

"Emily und Matthew sind jetzt Teenager. Gott hilf mir. Sie sind allein zuhause und bestellen sich mit meiner Kreditkarte eine Pizza!"

"Wollen wir Wein bestellen?", fragte Nina.

"Ja, machen wir das", stimmte Sheila zu. "Danach kannst du mir von deiner Hauserweiterung erzählen. Ich kenne das Gebäude noch."

"Ich will dich nicht belästigen."

"Doch, belästige mich! Ich liebe neue Herausforderungen. Außerdem hat mich Sarah nichts bezahlen lassen, als ich bei ihr gewohnt habe. Sie hat mir nur gesagt..."

Die beiden Frauen gaben im Einklang wieder: "Vor Jahren hat mir jemand geholfen. Und ich habe geschworen, diese Tat weiterzugeben."

Beide lachten.

"Also betrachte es als meinen Versuch, es weiterzugeben!"

"Na gut", stimmte Nina zu. "Ich habe ein paar Fotos und ich werde versuchen, es dir zu beschreiben."

"Ich habe eine bessere Idee", sagte Sheila. "Bestellen wir drei Mahlzeiten zum Mitnehmen, trinken wir aus bis es fertig ist, und dann bringen wir das Essen zu Sarah. Auf dem Weg können wir bei dir stehenbleiben und ich mache mir selbst ein Bild. Dann schauen wir noch bei mir vorbei, um sicherzustellen, dass mein Haus noch steht und dass die Kinder es nicht verwüstet haben. Du kannst meine Kinder dann auch gleich kennenlernen."

"Das wäre wunderbar, Sheila!"

"Während wir den Wein trinken, können wir ja unsere Geschichten über Sarah austauschen."

"Meine ist ziemlich simpel, und auch in tragischer Weise vorhersehbar", begann Nina. "Mit sechzehn schwanger, meine Eltern schmeißen mich raus, bevor ich ihren Ruf ruiniere. Als Sarah mich findet, sitze ich zusammengekauert auf einer Parkbank mit einem schreienden Baby. Ich wusste nicht, wohin ich sollte und hatte kein Geld mehr, um Essen zu kaufen. Sie nimmt mich mit, gibt mir einen Ort zum Leben und hilft mir, Grady großzuziehen. Wenn ich in der Nachtschicht arbeite, geht er heute noch nach der Schule zu ihr. Sarah hat mir auch dabei geholfen, meine Ausbildung und den Abschluss als Krankenschwester zu schaffen. Grady liebt sie. Sie und Cathy sind unsere Familie!"

"So ist unsere Sarah! Ich habe sie auf einer Party unserer gemeinsamen Freunde Brad und Erica kennengelernt. Brad hat gemeinsam mit Martin Medizin studiert. Danach hat er eine

Praxis in Wyoming eröffnet, wo er auch Erica kennenlernte, die in der Nähe von Sarahs Ranch aufgewachsen ist. Ich griff nach einer Obstschale und ließ sie fast fallen. Es war nämlich so, dass mich mein Mann, der Chirurg, für den ich während seiner Ausbildung in zwei Berufen arbeitete, immer schlug, wenn ich dumm genug war, einen eigenen Gedanken zu fassen."

"Wow! Hat das niemand gewusst?"

"Er ist Chirurg, Nina. Er hat genau gewusst, an welchen Stellen man Schläge nicht erkennt. Nach dem Essen, als die Männer sich für ihre Beschäftigungen verabschiedeten, hat mich Sarah angesehen und mich gefragt, wie lange mein Mann mich schon schlägt."

"Woher hat sie es gewusst?", fragte Nina.

"Anscheinend hat ihr Mann sie auch geschlagen, bevor er im Bett einer anderen an einem Herzinfarkt gestorben ist."

"Wuuiii!", rief Nina. "Das habe ich auch nicht gewusst. Ich dachte, er sei bei einem Unfall auf der Ranch ums Leben gekommen."

"Ihr Mann ist auch ein Thema, über das Sarah nicht allzu gerne spricht", sagte Sheila. "Sie hat es mir nur gesagt, um über häusliche Gewalt zu sprechen."

"Das macht wohl Sinn", antwortete Nina. "Sarah ist kein Mensch, der in Selbstmitleid badet oder Entscheidungen im Nachhinein kritisiert."

"Sie hat mir auch geraten, ihn zu verlassen bevor er mich umbringt oder anfängt, meine Kinder zu schlagen."

"Und was hast du geantwortet?"

"Ich sagte ihr, dass ich nirgendwohin könne."

"Ich kann mir ihre Antwort schon vorstellen", sagte Nina.

"Sie sagte mir, dass Wyoming ein großartiger Ort für Kinder sei und dass Brad, der Freund meines Mannes, bei einem neuen Wohnbauprojekt beteiligt war und wollte, dass ich die Modellwohnungen innen ausstattete."

"Und du hast deine Sachen gepackt und bist durch das halbe Land hierher gefahren?"

"So leicht war es dann doch nicht. Mein Mann ist durchgedreht, als er herausfand, dass ich aus meinem ‚lustigen kleinen Hobby' einen Vollzeitjob machen und weit wegziehen wollte. Rose, meine Schwiegermutter, hat mir geraten, dringend zu verschwinden, bevor er mich umbringt. Sie hat mir sehr geholfen, einen gerechten Anteil an seinem Geld für die Ausbildung der Kinder zu bekommen."

"Eine Gleichgesinnte?", vermutete Nina.

"Dein Schwiegervater hat sie und die Kinder geschlagen."

"Woher weißt du das?", fragte Sheila.

"Ich arbeite oft in der Notaufnahme. Wir sehen eine Menge dieser Fälle."

"Martins Mutter gibt sich selbst die Schuld. Sie ist der Meinung, dass die Kinder, wenn sie den Mut gehabt hätte, ihn gleich zu verlassen, nicht mit einer falschen Vorstellung von der Behandlung von Ehepartnern und Kindern aufgewachsen wären."

"Leider hat sie nicht unrecht. Ich habe darüber auf der Uni eine Arbeit geschrieben. Die Forschung zeigt, dass Kinder, die in gewalttätigen Haushalten aufwachsen, lernen, dass Gewalt eine effektive Methode zur Konflikt- und Problemlösung ist. In stressvollen Situationen neigen sie leider dazu, die Gewalt, die sie als Kinder erlebt haben, nachzuahmen. Es war eine weise Entscheidung, zu verschwinden."

"Warum bin ich dann so lang geblieben?"

"Wegen der Kinder und wegen der Hoffnung, dass jede seiner Versprechungen, es nie wieder zu tun, wahr werden könnte!"

"Glaubst du, dass es meinen Kindern geschadet hat?", fragte Sheila besorgt.

"Die Tatsache, dass du die Beziehung beendet hast und die Kinder sich an das Leben hier gewöhnt haben, ist positiv. Haben die Kinder Therapie bekommen?"

"Klingt gut, so als ob du alle Entscheidungen richtig getroffen hast. Ich habe da ein Buch, das du sicher interessant finden würdest. Es heißt: *Broken Children, Adult Pain*. Erinnere mich daran, es dir zu geben, wenn du mich einmal besuchst."

"Danke, Nina. Das wäre gut."

"Erzähl mir von deinem Unternehmen."

"Ich hatte Glück. Brad und Erica, das Paar, das bei dem Bau der Eigentumswohnungen dabei war, wollte, dass ich die Modellwohnungen einrichte. Den meisten Leuten, die sie kauften, gefiel meine Arbeit und sie wollten, dass ich auch ihre Wohnung einrichte. Bislang habe ich die Einrichtung von 98 der 120 Suiten übernommen. Leute, die diese Suiten besucht haben, baten mich, ihre Wohnungen in anderen Gebäuden einzurichten. Dank denen, die einer Anfängerin Vertrauen geschenkt haben, verdiene ich mir langsam einen Ruf."

"Ich kann es kaum erwarten, was du dir für meinen Ausbau einfallen lässt!"

"Unser Essen ist fertig. Lass uns zuerst einen Blick auf deine Wohnung werfen, und dann mit dem Essen zu Sarah fahren. Ich habe ihr eine Nachricht geschickt, dass wir in ungefähr einer Stunde mit dem Essen bei ihr sind."

"Das war jetzt nett!", sagte Nina. "Schön, dass wir gemeinsam diese Zeit hatten.

"Ja, das war es. Was wettest du, dass Sarah hinter all dem steckt?"

"Ich habe die geschickte Hand von Sarah noch nie unterschätzt. Irgendwann erzähl ich dir mal, wie sie den Besitzer meines Hauses überzeugt hat, dass er den Preis so senkt, dass ich ihn mit meinem Lohn bezahlen konnte!"

"Du brauchst nicht zu glauben, dass sie fertig ist, an deinem Leben herumzudoktern", sagte S h e i l a lachend. "Warte nur, bis sie zur Ansicht kommt, Grady bräuchte langsam einen Vater!"

Kapitel Fünfzehn

Selbst-Förderung

„Niemand weiß, was er kann, bis er es probiert hat."

Publilius Syrus

Es war Samstag und Sarah und Esther hatten ihr wöchentliches Telefongespräch.

„Wie geht es den Schafen?", fragte Esther.

„Die Schafe haben mich die ganze Woche schwer beschäftigt", antwortete Sarah. „Ich habe 75 junge Lämmer".

„Das war eine ausgelastete Woche. Ist die Ablammzeit irgendwann vorbei?", fragte Esther.

„Sie geht gerade zu Ende.", antwortete Sarah. „Woher kommt dein plötzliches Interesse an der Schafzüchterei?"

„Naja", wich Esther aus. „Estelle und ich haben über deinen Vorschlag nachgedacht, dass ich mein eigenes

Beratungsunternehmen eröffnen sollte. Ich habe einiges an Urlaubszeit aufgespart, und meine Schwiegermutter Estelle könnte hierherkommen und bei den Kindern bleiben, während ich zu dir nach Wyoming fliege – wenn dein Angebot, mir bei der Organisation zu helfen, noch aktuell ist…und du nicht zu beschäftigt bist", stotterte sie hervor.

„Der Zeitpunkt ist perfekt", antwortete Sarah. „Und natürlich bin ich nicht zu beschäftigt. Aber ich habe einen besseren Vorschlag. Warum nimmst du nicht Estelle und die Kinder und fährst her? Seit Cathy in New York ist, sterbe ich in diesem großen alten Haus vor Langeweile. Ein paar Kinderstimmen würden uns hier sehr gut tun. Die Pferde und der Hund warten dauernd darauf, dass Grady aus dem Schulbus aussteigt, aber jetzt, wo Ferien sind, hat ihn Nina in ein Sommercamp für angehende Künstler gesteckt. Und danach ist er den restlichen Sommer mit Cathy im Big Apple."

„Oh! Wir können uns doch nicht bei dir aufdrängen", protestierte Esther.

"Ihr würdet euch nicht aufdrängen", beharrte Sarah.

„Die Wahrheit ist: Ich vermisse es, hier Kinder zu haben."

„Wenn du dir sicher bist", sagte Esther. „Ich bin mir sicher, Brent und Ellen würden es lieben. Sie nerven mich schon die ganze Zeit, dass sie reiten wollen, aber wir können uns das einfach nicht leisten."

„Dann betrachte das als ihren Reiturlaub! Meine Pferde müssen ohnedies geritten werden, und meine Viehtreiber warten nur darauf, jemandem Tricks mit dem Lasso und fürs Reiten beizubringen. Wie lange könnt ihr denn bleiben?"

„Ich habe drei Wochen Urlaub, aber wir werden dich auf keinen Fall so lange belästigen!"

138

„Ihr werdet mich überhaupt nicht belästigen! Bleibt, solange ihr könnt. Du kannst Estelle und die Kinder für den Rest des Sommers bei mir lassen. Reden wir genauer darüber, wenn du da bist."

Kapitel Sechzehn

Schwesternschaft

„Man kann vielleicht nicht alle Dinge unter Kontrolle haben, die einem im Leben widerfahren, aber man kann sich entschließen, sich nicht auf sie reduzieren zu lassen."

Maya Angelou

"Es war echt nett von Sarah, dass sie uns den ganzen Sommer zu sich einlädt", sagte Estelle. „Weiß sie vielleicht, wie sehr ich es hasse, im Sommer in der Stadt zu sein?"

„Du hast mir nie gesagt, dass du es hasst, im Sommer in Washington zu sein!", bemerkte Esther.

„Du hast doch nie die Stadt verlassen, als deine Freunde im Sommer in den Hamptons oder den Outer Banks waren."

„Wir hatten kein Geld dafür und außerdem wären die Fahrten für meinen Mann eine Strapaze gewesen. Wo wir schon über das Nicht-Beschweren reden, du hast mir nie erzählt, dass du deinen Job gehasst hast."

"Es war nicht wirklich der Job, den ich gehasst habe", erklärte Esther. "Als Darryl und ich Geld für das Haus und für kommende Kinder sparten, damit ich später zuhause bleiben konnte, hat es mir Spaß gemacht, im Gericht zu arbeiten. Wie du ja weißt, war meine Mutter eine beruflich sehr beschäftigte Frau, und ich war entweder allein zuhause oder musste mit einem Kindermädchen vorliebnehmen. Ich beneidete damals die Kinder, die nach Hause zu ihren Müttern gehen konnten, daheim von ihnen bekocht wurden und deren Eltern im Elternverein aktiv waren. Ich wollte, dass auch meine Kinder das erleben dürfen.

Aber als Darryl krank wurde, schwanden unsere finanziellen Mittel dahin, und nach dem Begräbnis hatte ich großes Glück, dass ich meinen alten Job zurückbekam."

"Aber du bist nicht glücklich mit deiner Arbeit", sagte Estelle schlagartig.

"Ich sehe das Leben meiner Schwester Vicki und merke, dass ich das auch will!", gab Esther zu. "Ich will zuhause bei den Kindern sein, ihnen gesundes Essen in die Schule mitgeben, ihnen bei den Hausaufgaben helfen, sie nach ihrem Tag fragen und ihnen frisches Essen zubereiten, statt, dass sie alleine irgendetwas Aufgewärmtes essen müssen und ich mich erst um sie kümmern kann, wenn ich von der Arbeit komme

"Dann solltest du es tun, mein Schatz. Das Leben kann schnell vorbei sein. Das können wir doch am besten bezeugen. Hat Sarah ihren Mann nicht auch früh verloren?"

"Das ist eine längere Geschichte. Weißt du noch, als ich Sarah kennenlernte? Ich war bei einem Treffen für kürzlich verwitwete Frauen und Sarah war dort Gastrednerin. Sie sagte mir, dass sie eine hohe Position in einem Unternehmen innehielt und eine aussichtsreiche Laufbahn vor sich hatte, als ihr Mann starb und sie mit einer Ranch mit größeren finanziellen Problemen zurückließ. Sie entschied sich, heimzukommen und den Laden weiterzuführen, obwohl sie so gut wie nichts von der Viehwirtschaft verstand. ‚Ich wusste, wie man ein Unternehmen führt, sagte sie mir. ‚Die Ranchhelfer wussten, was Tag für Tag auf der Ranch zu erledigen war. Sie wussten auch, was mein Mann falsch gemacht hatte.'"

"Also ist sie dafür verantwortlich, dass aus der Ranch eine erfolgreiche Schaffarm wurde?"

"So ist es", stimmte Esther zu. "Deswegen ist ihre Fachkenntnis auch so unschätzbar wertvoll für mich."

"Für was immer du dich entscheidest, Schatz, du wirst dabei erfolgreich sein", verkündete Estelle.

"Danke, Estelle", sagte Esther. "Weißt du, wie wichtig deine Unterstützung für mich und meine Kinder war? Ich habe keine Ahnung, wie wir es ohne dich geschafft hätten, als Darryl krank wurde. Du warst immer da, um auf die Kinder aufzupassen, etwas zu Essen zu kochen oder mich aufzumuntern. Du und Sarah habt mir durch die Trauerphase geholfen und sichergestellt, dass ich sie auch verlassen konnte. Ich liebe euch beide."

"Es war jemand da, um mir zu helfen, als ich es brauchte", antwortete Estelle. "Ich gebe es nur weiter."

Esther lachte. "Du und Sarah werdet euch auf Anhieb verstehen!"

"Ich kann es nicht erwarten, sie kennenzulernen", sagte Estelle. "Danke, dass du mich mitnimmst! Sommer auf einer Schafsranch in Wyoming! Ich freue mich schon sehr."

Kapitel Siebzehn

Die Weisheit der Erfahrung

"Vielen Dank, dass du mich und die Kinder für den Sommer hierher eingeladen hast, Sarah. Du hast ja keine Ahnung wie es ist, einmal nicht im Sommer in Washington festzusitzen."

"Oh, ich habe sogar recht lebhafte Erinnerungen vom Sommer in der Stadt", antwortete Sarah.

"Die Kinder sind unglaublich aufgeregt über die Vorstellung, das Reiten und den Umgang mit dem Lasso zu lernen."

"Slim ist ziemlich begeistert, sie unter seine Fittiche zu nehmen. Er war früher mal Rodeo-Clown und hat eine ganze Menge Tricks, die er unbedingt herzeigen will. "

"Esther wird es guttun, Zeit für sich zu haben", meinte Estelle. "Sie war die letzten paar Jahre durch Darryls Erkrankung Krankenschwester, Geldverdienerin, Alleinerzieherin und alleinige Entscheidungstreffende. Kinder alleine zu erziehen ist schwer genug."

"Das ist es wirklich. Es gibt nie eine Pause oder sonst etwas, um die ganze schwere Last einmal abzulegen."

"Und wenn du Witwe bist, kannst du ihnen nicht einmal drohen, sie zu ihrem Vater zu schicken!"

"So ist es", stimmte Sarah zu. "Als ich heimkam, kannte ich meine Kinder kaum mehr und musste eine Ranch zurück in die schwarzen Zahlen bringen. Ich hatte das Glück, dass neben uns ein älteres Paar wohnte. Die beiden waren stellvertretende Großeltern für meine Kinder und Berater für mich. Ich werde ihre Freundlichkeit und Weisheit nie vergessen. Ich habe geschworen, dass ich das, was sie für mich getan haben, weitergebe."

"Wenn man Esther betrachtet, tust du das in höchstem Maße", meinte Estelle. "Dein Vortrag in der Gruppe der kürzlich Verwitweten hat ihr Leben verändert."

"Ich habe nur getan, was ich mir geschworen habe", sagte Sarah.

"Esther war so beeindruckt, dass jemand, der so beschäftigt ist wie du, durchs halbe Land fährt, um zu ihrer Gruppe zu sprechen. Und sie schätzt deine wöchentlichen Anrufe."

"Jeder braucht doch eine Rettungsleine, oder?", betonte Sarah. "Ein Ohr, das zuhört, und eine Stimme, die nicht kritisch ist. Du warst auch eine wichtige Hilfe für sie und ihre Kinder."

"Wie auch du bekam ich Hilfe, als ich sie brauchte. Ich versuche nur eine gute Großmutter und Schwiegermutter zu sein. Das ist das, was Darryl von mir erwartet hätte."

"Sie hat Glück, dass sie eine Familie an ihrer Seite hat", meinte Sarah.

"So wie ich", bemerkte Estelle. "Darf ich dich etwas fragen, Sarah?"

"Du machst dir über etwas Sorgen, Esther. Oder?"

"Ja, das tue ich. Esther hat einen guten Job und verdient genug, um über die Runden zu kommen. Ihre Stelle ist sicher und sie bekommt Zusatzleistungen. Ich weiß, dass sie geplant hat, zuhause zu bleiben, während ihre Kinder in der Grundschule waren. Sie beneidet ihre Schwester Vicki, die das Leben lebt, das Esther so gerne hätte. Ironischerweise hätte Vicki selbst nichts lieber, als ihren Job wieder ausüben zu können. Aber die Betreuung ihrer vier Kinder wäre so teuer, dass es keinen Sinn machen würde, wenn sie arbeiten geht. Das Leben scheint manchmal so unfair zu sein. Oder etwa nicht? Meine Güte! Ich klinge so weinerlich. Entschuldigung!"

"Du klingst wie jemand, der seine Familie liebt und Angst hat, dass sie Fehler macht. Das ist völlig natürlich. Esther ist ein kluges Mädchen. Sie ist zuhause und wiegt sorgfältig die Vorteile und Nachteile von einem Leben als Angestellte und einem als Selbstständige ab. Sie hat eine gute Vorstellung davon, was sie gewinnen und was sie verlieren würde. Wir haben uns ausführlich über meine persönliche Erfahrung, und warum ich die Unternehmenswelt verlassen habe, unterhalten. "

"Warum hast du dich entschieden, deine aufsteigende Karriere für eine erfolglose Ranch aufzugeben?", fragte Estelle.

"Junge, Junge! Du kommst aber schnell zum Punkt, oder?", bemerkte Sarah kichernd.

"Tut mir leid. Ich denke, das kommt mit dem Alter", entschuldigte sich Estelle. "Bei meiner Mutter habe ich das früher gehasst! Ich hätte nicht fragen sollen. Es geht mich wirklich nichts an."

"Es ist eine berechtigte Frage, die ich lieber nicht beantworten würde. Ich weiß aber, dass du nicht aus Neugier fragst, sondern aus Sorge um deine Schwiegertochter."

"Vielleicht ein bisschen von beidem, muss ich zugeben", sagte Estelle. "Verstehst du: Ich habe dich gegoogelt und herausgefunden, was für ein aufstrebender Star du wirklich warst! Wie konntest du das nur alles aufgeben?"

"Es war nicht so ein großes Dilemma, wie es vielleicht scheint", gab Sarah zu. "Es gibt da einiges, das du nicht weißt. Erstens wurden meine Kinder nur von Nannys und Gouvernanten betreut. Meine Arbeit hat mir keine Zeit gelassen und ich war meistens nicht zuhause. Wie der Weihnachtsmann bin ich immer nur zu den wichtigen Feiertagen aufgetaucht, und das immer mit einem Haufen Geschenken aus Schuldgefühlen: Zu Weihnachten, zu den Geburtstagen der Jungs. Mein Mann, der damit einverstanden war, dass die Jungs bei ihm auf der Ranch lebten, war selbst sehr damit beschäftigt, sich mit Frauen rumzutreiben und die Farm seines Vaters in den Ruin zu führen. Als er im Bett einer jungen Frau an einer Herzattacke starb, hatte ich keine andere Wahl als nach Hause zu gehen, ihn zu begraben, die Ranch zu verkaufen und ein Zuhause für meine Kinder zu finden. Ich muss zugeben, dass ich einige Zeit Internate in der Schweiz in Betracht zog.

"Was hat deine Meinung geändert?"

"Ach, ich weiß nicht. Eine ganze Menge Dinge. Nach einigen Tagen auf der Ranch wurde mir klar, wie stressig und unerfüllt mein Leben vorher gewesen war. Wie Sheila begann ich zu verstehen, dass Geld und Erfolg nicht die einzigen Maßstäbe im Leben sein können. Meine Kinder waren mir Fremde, die ich nicht einmal besonders mochte. Ich wusste, dass ich mir das selbst zuzuschreiben hatte, weil ich der Jagd nach Geld und Erfolg verfallen war. Dafür hatte ich die Leute im Stich gelassen, die sich auf mich verlassen hatten. "

"Das erklärt, warum du deiner Rolle als Mutter mehr Zeit widmen wolltest. Aber warum gerade hier, auf einer scheiternden Ranch in Wyoming?"

"Als ich zuhause war, gab es zwei Ereignisse, die meine Meinung änderten. Ich sah, wie glücklich meine Jungs hier waren. Es ist das einzige Zuhause, das sie jemals kannten. Die Leute, die hier arbeiteten, waren Familienmitglieder für sie. In der Nacht, in der ich ankam, wurde ein Fohlen geboren. Es war eine schwere Geburt. Ohne die Mitarbeiter hier auf der Ranch hätten wir sowohl das Fohlen als auch die Stute verloren. Als ich bis zu den Ellbogen in der Nachgeburt steckte, einen Weg freimachte und buchstäblich Leben in das Fohlen hauchte, wurde mir klar, dass das der Ort war, an dem ich sein wollte."

"Ein Moment der Offenbarung?", fragte Estelle.

"Kaum!" schnaubte Sarah. "Ich war widerlich dreckig, hundemüde und auch nicht gerade guter Stimmung! Es war bestimmt kein märchenhafter Augenblick. Aber es war ein Augenblick der Wahrheit!"

"Da bist du also heute. Deine Kinder sind erwachsen und übers ganze Land verteilt. Du hast allen Umständen zum Trotz eine erfolgreiche Schafsranch inmitten von Rindergebieten errichtet. Bist du glücklich? Bereust du etwas?"

"Ich bin zufrieden", antwortete Sarah. "Ob ich etwas bereue? Jeder bereut doch etwas. Wenn jemand sagt, dass er es nicht tut, lügt er – er belügt entweder sein Gegenüber oder sich selbst. Mir gefällt, was Frank Sinatra in "My Way" singt. "Regrets I have a few but, then again, too few to mention." ("Bereut habe ich einiges - Aber dann auch wieder zu wenig, um es zu erwähnen.")

"Ich schätze mal, darum geht es doch im Leben, oder?"

"Um was, Estelle?"

"Man muss das Beste tun, was man kann, seinen persönlichen Umständen entsprechend und sich nicht damit herumquälen, was sein hätte können. Als mein Mann starb, schickte mir ein Freund ein Zitat eines Mannes namens Martin Sapp. Ich habe es mir immer wieder in Erinnerung gerufen, wenn das Leben schwer war und ich vor schweren Entscheidungen stand. Es lautet so:

154

Ein Freund sagte mir bei der Beerdigung seines Großvaters etwas sehr Eindrucksvolles. Er sagte, dass die wichtigste Lektion, die er vom Leben seines Großvaters bekommen hatte, war, dass er leer gestorben war, weil er alles erreicht hatte, was er wollte und keine Reue hatte. Ich denke, dass das, zusammen mit dem Hinterlassen eines Vermächtnisses, das größte Zeichen des Erfolges ist.

"Na gut Estelle ", sagte Sarah. "Es erscheint mir, dass wir alten Hasen heute Nachmittag viel zu ernst und philosophisch geworden sind. Was sagst du zu einem Drink?"

"Ich sage, 'Wo bist du die ganze Zeit geblieben, Scotch!'", antwortete Estelle.

Kapitel Achtzehn

Verbindende Augenblicke

„Der natürliche Zustand der Mutterschaft heißt Selbstlosigkeit. Wenn man Mutter wird, ist man selbst nicht mehr das Zentrum seines eigenen Universums.

Man gibt diese Position an seine Kinder ab."

Jessica Lange

"Wo ist Troy?", wurde Lydia von Clarice gefragt, als diese das Restaurant ohne ihren achtjährigen Sohn betrat.

"Bryan und der Richter haben ihn zum Minigolf mitgenommen", erklärte Lydia. "Sie sagten, dass es bei unseren wöchentlichen Essen zu viel Östrogen gibt und Troy stattdessen etwas mehr männliches Zusammensein braucht. Nach dem Essen nehmen sie ihn zum Golfclub mit, wo er seine eigenen Schläger bekommen soll. Der Richter hat dort auch Unterrichtsstunden für ihn organisiert."

"Das ist ja interessant", meinte Clarice. "Für seine eigenen Kinder konnte er dafür nie Zeit finden."

"Er hat das erwähnt", sagte Lydia. "Er meinte, er wollte am Ende seines Lebens nicht voller Reuegefühle sein, deshalb will er jetzt die Dinge mit seinem Enkel machen, die er bei uns verpasst hat."

"Er hat irgendwie erwähnt, dass Lucille Ball richtig lag, als sie sagte ‚Ich würde lieber die Dinge bereuen, die ich gemacht habe, als die, die ich nicht gemacht habe.' Wer ist Lucille Ball, Mom?"

"Nicht so wichtig, Schatz. Was wichtiger ist, dass der Richter endlich Bilanz zieht und seine Prioritäten neu überprüft."

"Das tue ich auch, Mom", gab Lydia zu. "Ich kann nicht fassen, wie ich-bezogen Bryan und ich waren, bevor Troy in unser Leben kam. Schwer zu glauben, wie uns das Eltern-Sein gezeigt hat, was wirklich wichtig ist."

"Ich weiß was du meinst, Schatz", stimmte ihre Mutter zu. "Und wie läuft's bei der Arbeit?"

"Es läuft super bei der Arbeit. Michael und ich haben vertraulich miteinander gesprochen. Anscheinend hat er gerade realisiert, dass seine Kinder ihn nicht kennen – außer als menschlichen Geldautomaten. Er will das unbedingt ändern und zeigt Verständnis für seine Angestellten mit Kindern. Anfang nächster Woche – Trommelwirbel bitte! – habe ich Mittwoch frei um zu kochen, sauberzumachen und auf dem Bauernmarkt einzukaufen. Hör auf zu lachen, Mutter! Ich weiß genau, was du denkst: Ich werde eine Teilzeit-Hausfrau."

"Ich bin nur froh, dass du glücklich bist, Schatz."

"Ich habe noch mehr Neuigkeiten", gab Lydia bekannt und nahm einen bedächtigen Schluck von ihrem Mineralwasser.

"Oh, gut! Ich habe mich schon gewundert, wann du es uns endlich erzählst", merkte Clarice an. "Wann kommt das Baby? Und wie soll sie heißen?"

"Woher weißt du...Troy", sagte Lydia. "Nein, nicht Troy", sagte ihre Mutter. "Du." "Ich?"

"Du hast schon seit Wochen dieses Strahlen. Und du lachst, du singst...und trinkst keinen Alkohol."

"Aber woher willst du wissen, dass es ein Mädchen ist? Bryan und ich wissen es ja noch nicht einmal."

"Wir Hausfrauen haben da so ein Gespür", äußerte Clarice trocken.

"Wir sind sehr aufgeregt", gab Lydia zu. "Weiß es der Richter?", fragte Clarice.

"Jetzt weiß er es wohl schon. Troy und Bryan wollten es ihm beim Burger-Essen mitteilen."

"Wie geht es Troy damit?", fragte Clarice.

"Als ob er im Lotto gewonnen hätte! Er kann es kaum abwarten, ein großer Bruder zu sein."

"Er wird ein großartiger großer Bruder sein", sagte Clarice.

"Und wenn es ein Mädchen wird, werden wir sie Sarah Clarice nennen. Auf kurz Claire."

"Ein entzückender Name!", sagte Clarice.

"Ich dachte mir schon, dass er dir gefallen würde."

"Ich kann es kaum erwarten, dass der Richter heimkommt, damit wir anfangen können, das Gästezimmer in ein Kinderzimmer für Claire umzuwandeln", rief Clarice und klatsche in die Hände.

"Ich werde Sarah die Neuigkeiten verkünden, sobald ich heimkomme!"

Kapitel Neunzehn

Zusammenschluss

„Die Wahrheit ist, dass du nicht wissen kannst, was morgen passieren wird. Das Leben ist ein verrückter Ritt, und nichts ist sicher."

Eminem

Sheila hatte keine Ahnung, wie ihr Leben sie hierhergeführt hatte. Hätte sie sich jemals erträumen können, dass sie die begehrteste Inneneinrichterin von Nord-Wyoming sein würde? Dass sogar Hollywoodstars sie bitten würden, bis an die Westküste zu fliegen, um ihre Häuser in Kalifornien einzurichten. Ihr großer Durchbruch war, als das Journal *„Bessere Heime und Gärten"* einen Beitrag über Ninas Wohnungsausbau schrieb. Die Leser waren davon fasziniert gewesen, wie Sheila es geschafft hatte, jeden Zentimeter verfügbaren Platzes optimal auszunutzen.

Sarah kannte zufälligerweise jemandem bei dem Magazin.

"Warum sollte mich das überraschen?", fragte sie sich laut. Schließlich war Sarah immer in der Nähe gewesen, wenn Sheila irgendetwas Gutes passiert war, seit sie ihren gewalttätigen Mann verlassen und über das halbe Land gezogen war, um eine Laufbahn als Innenarchitektin einzuschlagen

Sie lächelte, als sie an ihren künftigen Ehemann dachte, David Albright. Auch das hatte sie Sarah zu verdanken. Als sie davon gesprochen hatte, dass sie einen alt-englischen Garten in der Nähe ihrer neuen Wohnung haben wollte, war dank Sarah plötzlich David bei ihr aufgetaucht, zusammen mit Plänen, den leerstehenden Grund in einen blühenden Garten zu verwandeln. Von da an hatten David und sie bei mehreren Projekten zusammengearbeitet, darunter das Anpflanzen von Gärten für Terrassen und Balkone von Eigentumswohnungen. Durch ihre gemeinsame Arbeit entwickelten sie langsam eine Freundschaft.

Durch ihre gewalttätige Beziehung mit ihrem Ex-Mann war Sheila in ihrem neuen Leben verständlicherweise sehr vorsichtig und achtsam. Aber David war einfühlsam und geduldig. Als sie merkte, wie sehr er sich um ihr Wohlergehen sorgte, wurde sie entspannter. Matthew und Emily himmelten David an. Er brachte ihnen das Fliegenfischen bei und nahm sie sogar zu einem Skiausflug nach Montana mit.

Manchmal musste sich Sheila zwicken, um zu glauben, dass sie nicht träumte. Sie fühlte sich so glücklich.

Morgen würde sie vor all ihren Freunden und Freundinnen Mrs. Albright werden. Die Hochzeit würde praktischerweise in dem Garten stattfinden, in dem sie sich kennengelernt hatten.

"Du verdienst es", hatte Sarah ihr gesagt. "Du hast viele Stunden in dein Unternehmen gesteckt und hart gearbeitet, um erfolgreich zu sein."

"Es war nicht schwer", antwortete Sheila. "Manchmal fühle ich mich schuldig, dass ich Geld bekomme, weil ich tue, was ich liebe. Und dann erinnere ich mich wieder, dass ich Rechnungen zahlen muss!"

"Du hast das Geheimnis einer erfolgreichen Karriere gefunden", merkte Sarah an. "Finde etwas, das du gerne tust und du wirst keinen Tag in deinem Leben mehr arbeiten müssen."

"Ein guter Ratschlag, Sarah", sagte Sheila.

"Ich wünschte, ich hätte es zuerst gesagt", sagte Sarah schmunzelnd. "Das ist ein Zitat von Harvey MacKay."

"Trotzdem ein guter Rat", wiederholte Sheila. "Bist du glücklich mit dem, was du tust, Sarah?"

"Ich bin zufrieden", antwortete Sarah. "Mir war das Wort ‚glücklich' immer ein wenig suspekt. Es kommt mir vor, als ob heutzutage Kinder von ihren Eltern und Lehrern erwarten, dass sie sie unterhalten müßten. Angestellte erwarten, dass ihre Chefs sie am Arbeitsplatz wie Gäste behandeln sollten und die Gesellschaft erwartet, dass sie die Dinge, für die sie eigentlich arbeiten sollte, auf dem Silbertablett serviert bekommt. Wo steht geschrieben, dass das Leben uns glücklich machen soll? Ich glaube Martha Washington hat es am besten getroffen, als sie gesagt hat: ‚Ich bin entschlossen, in jeder Situation, in der ich mich befinde, heiter und glücklich zu sein. Denn wie ich gelernt habe, wird der größere Teil unseres Elends oder

Unzufriedenheit nicht von unseren Umständen, sondern von unserer Einstellung beeinflusst. Wir machen unsere eigene Zufriedenheit davon abhängig, dass wir glücklich sind."

"Sarah, ich habe so viel von dir gelernt", sagte Sheila. "Und ich schulde dir so viel meines Glückes."

"Komm schon, Mädchen", sagte Sarah. "Wir müssen auf eine Hochzeit gehen!"

Kapitel Zwanzig

Gemeinsame Bande

„Hochzeiten sind wichtig, weil sie das Leben und all seine Nuancen feiern."

Anne Hathaway

"Das war eine wunderschöne Hochzeit, oder?", fragte Nina.

"Alle Hochzeiten sind schön", sagte Sarah. "Jeder hat so viel Hoffnung und Optimismus für die Zukunft. Alle sind in guter Stimmung und jeder sieht schön aus."

"Ich schätze du hast recht, aber der Ort dieser Hochzeit war so schön, und er hatte auch eine persönliche Bedeutung für Sheila und David."

"Es sollte auch perfekt sein", fügte Sarah hinzu. "David war schon seit Monaten von diesem Garten besessen."

"Es hat sich aber auch ausgezahlt", sagte Nina schmunzeln. "Sie werden großartige Hochzeitsfotos haben. Hast du all die Gäste gesehen, die um Landschaftsgestaltung angefragt haben? Und Sheila und David können den Garten für immer genießen."

"David ist mehr als nur ein naiver Romantiker", merkte Sarah an. "Jetzt, wo Sheila fröhlich den nächsten Schritt ihres Lebens begeht, sollten wir über dein Leben reden."

"War es nicht süß, dass Rose den ganzen Weg hergekommen ist, nur um zu Sheilas Hochzeit zu kommen?", fragte Nina, um Sarahs Bemerkung auszuweichen.

"Rose und Sheila haben eine besondere Bindung", bemerkte Sarah. "Aber du hast recht. Es war tapfer, dass sie ihrem Mann und ihrem Sohn die Stirn geboten hat – keiner der beiden war begeistert, dass sie ging."

"Und sieht Lydia nicht wundervoll schwanger aus? Troy und Bryan hatten sich Sorgen gemacht, dass sie mit der Schwangerschaft den weiten Weg macht. Ich bin mir sicher, wenn sie Schluckauf gehabt hätte, hätten sie im Handumdrehen einen Krankenwagen gerufen."

"Was hältst du denn von unserer Cathy?", fragte Sarah.

"Ich habe sie fast nicht erkannt, in ihrem goldenen Lamé-Kleid, den lila Haaren und diesen hohen schwarzen Stiefeln. Sie harmoniert sicher perfekt mit der Soho-Künstlerszene."

"Cathy ist in ihrer Stadt angekommen, soviel ist sicher", sagte Sarah.

"Was ist mit diesem schönen Gemälde des Gartens der Frischgetrauten, auf dem sie abgebildet sind? Von wo hat sie das Material dafür bekommen?"

"Eventuell haben Matthew und ich da ein bisschen mitgeholfen", murmelte Sarah. "Aber wir scheinen um das wichtigste Thema herumzureden, Nina."

"Oh", sagte Nina unschuldig. "Und welches Thema wäre das?"

"Das weißt du doch ganz genau", schnauzte Sarah sie an. "Wann wirst du anfangen, den jungen Mann in deinem Leben endlich ernst zu nehmen?"

"Meinst du Danby?"

"Nein, ich meine Prinz Philip. Natürlich meine ich Danby. Der Junge ist so voller Liebeskummer, dass ich ihn kein Stück zum Arbeiten bringen kann. Wann gedenkst du, endlich ja zu ihm zu sagen?"

"Er hat in letzter Zeit nicht gefragt", sagte Nina ausweichend.

"Vielleicht hat der Junge nach dem hundertsten verschmähten Antrag einfach aufgegeben!"

"Das ist ein großer Schritt für mich, Sarah", sagte Nina. "Ich muss dabei auch an Grady denken."

"Quatsch. Grady liebt Danby doch. Die zwei verbringen mehr Zeit miteinander, als du es mit jedem von ihnen tust!"

"Ich dachte du unterstützt Frauen, die auf eigenen Beinen stehen", beschuldigte Nina sie.

"Das ist ein anderes Thema, Nina, und das weißt du. Ich bitte dich nicht, dich finanziell von Danby abhängig zu machen. Himmel! Bei dem, was ich ihm bezahle, ist das gar nicht möglich! Ich bitte dich darum, darüber nachzudenken, dein Leben zum Teil einer Familie zu machen."

"Ja, weil das ja das letzte Mal so toll gelaufen ist, oder was?", erwiderte Nina bockig.

"Was soll ich darauf sagen? Ja! Deine Eltern waren Idioten. Wenn ich jemals die Gelegenheit bekomme, sie zu treffen, werde ich es ihnen sagen. Aber Danby sollte nicht dafür bestraft werden, was deine Eltern getan haben."

"Ich kann es nicht ändern, dass ich genug von Beziehungen habe, Sarah."

"Wir tragen alle Wunden früherer Beziehungen, Nina. Esther und Rose haben die Liebe ihres Lebens verloren. Sheilas Mann hat sie misshandelt. Cathys Eltern haben sie rausgeschmissen. Der Prinz meines kleinen Palastes ist gestorben, als er eine Frau gevögelt hat, die kaum alt genug zum Wählen war!

Wir dürfen nicht zulassen, dass uns diese Hürden in unserem Leben zu einem völligen Stopp bringen. Sieh dir Sheila an! Wenn sie ihre Probleme überwinden kann, kannst du es auch. Du bist eine starke Frau, Nina. Also geh da raus und beweise es. Hör auf, dich in den Stall zu flüchten, wenn es nach Regen aussieht."

"Wow! Ich habe noch nie erlebt, dass du so viel redest, ohne Luft zu holen."

"Nun, ich musste mir auch viel von der Seele reden."

Kapitel Einundzwanzig

Ein freier Mensch werden

„Als ich ein Kind war, fragte ich meine Mutter was Homosexualität sei, und sie sagte – und das war vor 100 Jahren in Deutschland, sie war sehr unvoreingenommen – ‚Es ist wie die Haarfarbe. Es ist nichts. Einige Menschen sind blond und einige haben dunkle Haare. Es ist kein Thema.' Das war eine sehr gesunde Einstellung."

Karl Lagerfeld

"War Sheila nicht eine wundervolle Braut?", fragte Cathy. Sie reichte Sarah ein Glas Limonade und setzte sich neben sie in einen weiteren Schaukelstuhl.

"Ich habe diese Aussicht immer geliebt", sagte Sarah seufzend.

"Weißt du eigentlich, dass ich diese Ranch von jedem möglichen Blickwinkel gemalt habe, außer von diesem?", entgegnete Cathy. "Ich frage mich, warum ich diesen Punkt nie dargestellt habe."

"Wahrscheinlich, weil hier immer so viele von uns versammelt waren, dass es zu riskant war, deine Staffelei aufzustellen", meinte Sarah. „Erzähl mir von New York."

"Zuerst war es merkwürdig", sagte Cathy. "Mir gefiel es hier, mit dir und den Schafen und in relativer Isolation. Dann plötzlich, wie Dorothy, werde ich in diese riesige, wuselige Stadt hineingeworfen. Für Künstler, was Kunst angeht, ist New York

179

wie kein anderer Ort. Es war schwer, ein winziger Fisch in diesem riesigen Ozean zu sein. Clarice und Lydia waren wundervoll zu mir. Ich glaube, ohne sie hätte ich die Beine in die Hand genommen und den ersten Bus nach Wyoming genommen. Ich fühlte mich so alt! Ich war fast fünfzig und einige dieser Künstler waren in den Zwanzigern.“

“Aber du bist immer noch dort.“

“Ja, das bin ich und ich werde wahrscheinlich auch nie gehen“, seufzte Cathy. “Stück für Stück hat die Stadt, die niemals schläft, mein Herz und meine Seele erobert. Ganz ehrlich? Ich kann mir nicht mehr vorstellen, irgendwo anders zu leben!“

“Und deine Ausstellungen waren erfolgreich?“

“Ja, dank dir, Lydia und Clarice, die meine erste Ausstellung kräftig angetrieben haben, hat sich meine Arbeit bis jetzt bei jeder Vernissage in ein paar Stunden verkauft. Heute kontaktieren mich wichtige Galerien, damit ich bei ihnen ausstelle.“

“Weißt du Neues von deiner Familie?“

“Meine Schwester ruft regelmäßig an. Sie hat meine Mutter zu meiner letzten Vernissage mitgenommen.“

“Und dein Vater?“

Cathy kicherte. "Man könnte sagen, dass ich regelmäßig in seinem Büro vorbeischaue."

"Wie das?"

"Mein Vater hat letztes Jahr eine Feier gegeben, weil er fünfzig Jahre lang im Geschäft ist. Es war eigentlich eine schamlose Methode, für sein Unternehmen zu werben, aber sein Personal war der Ansicht, man sollte eine Party veranstalten. Vor fünfzehn Vertretern der Presse haben die ihm dann ihr Geschenk an ihn präsentiert: ein großes Landschaftsmotiv im Foyer des Büros. Als ihm klar wurde, wer der Künstler war, bekam er fast einen Schlaganfall. Vor der Presse zog er aber ein begeistertes Gesicht, der alte Schauspieler. Jetzt hat er keine andere Wahl als das Bild im Foyer hängen zu lassen, wo es ihn jeden Morgen begrüßt."

"Das Schicksal hat immer einen Weg, Gerechtigkeit zu schaffen", bemerkte Sarah.

"Ich bin in ein Loft in SoHo gezogen. Es hat eine Menge Platz. Ich kann dort essen, arbeiten und schlafen."

"Lebst du immer noch alleine?"

"Wie es der Zufall so will, habe ich eine junge Künstlerin bei mir aufgenommen, die nur schwer über die Runden kommt. Sie hat eine Menge Talent. Sie hat nur noch nicht ihren Durchbruch geschafft."

"Also gibst du es weiter?", fragte Sarah. Ihre scharfen blauen Augen beobachteten sie aufmerksam.

"So in der Art", sagte Cathy ausweichend. "Jill ist eine großartige Köchin und eine viel bessere Haushälterin als ich. Wir vereinen sozusagen unsere Talente."

"Schlaft ihr zusammen?", fragte Sarah. "Was soll diese Frage?", sagte Cathy.

"Weil ich glaube, dass es höchste Zeit ist, dass du ganz offen und ehrlich mit dir selbst bist."

"Ich weiß nicht, wovon du sprichst", erwiderte Cathy schnippisch.

"Wann hattest du vor mir zu sagen, dass du lesbisch bist und mir deine Partnerin vorstellst?"

"Ich war mir nicht sicher, wie du reagieren würdest", flüsterte Cathy undeutlich.

"Genau so, wie ich bei jeder von euch reagiert hätte, die mir ihren Partner vorstellt, schätze ich mal", erwiderte Sarah trocken.

"Aber das hier ist ein bisschen anders", bemerkte Cathy.

"Warum?", forderte Sarah zu wissen.

"Naja, Jill und ich sind etwas...unkonventionell."

"Das konnte ich an deiner Hochzeitskleidung erkennen", sagte Sarah. "Grady hält dich für cool."

"Und was, glaubst du, würde er sagen, wenn ich Jill zur Hochzeit mitgenommen hätte?"

"Wahrscheinlich, 'Wie geht es dir Jill. Freut mich, dich kennenzulernen!", antwortete Sarah.

"Und was ist mit den anderen?"

"Wir wissen alle seit Jahren, dass du homosexuell bist, Cathy. Wir haben uns nur gefragt, wie lange es dauern würde, bis du es selbst erkennst!"

"So ist das also?"

"So ziemlich! Wenn du zur Feier meines 85. Geburtstages kommst, erwarte ich deine junge Freundin kennenzulernen."

Kapitel Zweiundzwanzig

Andere fördern

„Liebenswürdiges Annehmen ist eine Kunst - eine Kunst, die die meisten nie weiterentwickeln wollen. Wir sind der Ansicht, dass wir lernen müssen, etwas zu geben, aber wir vergessen, Dinge anzunehmen, und das Annehmen kann viel schwerer sein als Geben...Das Geschenk eines anderen anzunehmen ist, ihm zu erlauben, seine Gefühle für einen auszudrücken."

Alexander McCall Smith

"Danke für alles, das du und deine Mutter für Cathy getan haben, Lydia. Ohne euch beide wäre sie nie lange genug im Big Apple geblieben, um es richtig schätzen zu lernen."

"Ich denke, sie hat sich sehr gut in der Künstlergemeinde eingelebt. Die Leute, die ich kenne, die ihre Werke gekauft haben, sind mit ihren Investitionen sehr zufrieden."

"Cathy und ich haben gestern geplaudert", erzählte Sarah. "Sie sagt, dass sie sich jetzt nicht mehr vorstellen kann, irgendwo anders zu leben."

"Dann ist unsere Arbeit beendet", sagte Lydia und klatschte mit Sarah ein. "Hat sie dir erzählt, dass sie eine Mitbewohnerin hat?"

"Ja, sie hat Jill erwähnt. Hast du sie schon kennengelernt?"

"Nur, weil wir ihr ein Einweihungsgeschenk gekauft haben und Cathy es nicht vermeiden konnte, sie uns vorzustellen. Du kennst ja Mutter. Sie ist sofort in die Wohnung gestürzt, hat sich vorgestellt und Jill gefragt, ob sie jetzt bei Cathy lebt."

"Was haben die Mädchen gemacht?"

"Jill hat es gefallen – sie war sogar erleichtert, dass der unangenehme Augenblick vorüber war. Cathy? Ich dachte, sie würde sich im Badezimmer einschließen.

Meine gute alte Mutter hat dann gleich gefragt ‚Wie lange seid ihr schon zusammen?'"

"Ha! Ha! Ich liebe deine Mutter!", rief Sarah. "Cathy macht sich sorgen, wie die anderen ihre untypische Partnerschaft aufnehmen werden."

"Hat sie denn keine Ahnung, dass wir alle wissen, dass sie vom anderen Ufer ist?"

"Die hat sie jetzt. Ich habe ihr erzählt, dass wir alle darauf gewartet haben, wann sie es selbst herausfindet!"

"Nimmt sie Jill zu deiner Geburtstagsfeier mit?", fragte Lydia.

"Ich habe sie angewiesen, nicht ohne sie zu kommen."

"Gut. Dann werden wir sie alle aufsammeln und zu dir mitnehmen. Mom will wieder fahren. Sie hat unsere gemeinsame Zeit auf dem Weg zu dir geliebt."
188

"Dir ist doch hoffentlich klar, dass du ein Baby mitnehmen musst?" betonte Sarah.

"Kein Problem. Troy, Bryan und der Richter fahren in einem Auto. Die Mädels und das Baby fahren mit dem Van. Wenn er zu voll wird, können wir tauschen.

Bryan nimmt die Babysachen mit."

"Das wird so aufregend. Ich kann es kaum erwarten, jedermanns Partner kennenzulernen! Und die Kinder hier zu haben, wird so schön sein. Slim hat sich schon vorgenommen, Ritte und Aktivitäten für sie zu organisieren."

"Wir freuen uns alle darauf, hier mit dir feiern zu können und deine Familie kennenzulernen."

"Ich wünschte, du würdest mich die Vorbereitungen treffen lassen", sagte Sarah.

"Nimmst du mich auf den Arm?", fragte Lydia. "Du würdest Clarice, der Königin der Catering-Events sagen, dass sie dieses Projekt nicht übernehmen darf? Das ist unser Geschenk an dich. Es ist eine kleine Geste für alles, was du für uns getan hast. Du sollst dich nur darauf konzentrieren, wo du die rund vierzig Leute unterbringst, die über Nacht bleiben wollen."

"Da bin ich dir weit voraus, alte Freundin. Die Jungs in der Baracke haben darauf beharrt, sich darum zu kümmern. Und der

Koch kümmert sich um das Essen, außer um den Geburtstagsteil – der von dir, Clarice und Estelle geregelt wird."

"Oh! Das wird ja so aufregend!!"

Kapitel Dreiundzwanzig

Das Streben nach Ausgewogenheit"

„Sobald du aufhörst, etwas zu wollen, bekommst du es."

Andy Warhol

"Ich bin froh, dass wir kurz Zeit zum Reden hatten, bevor du zu deinem Leben zurück musst", sagte Sarah.

"Ich auch", antwortete Esther. "Es scheint, als ob ich mit der Hochzeit, meinem Geschäft und der ganzen Arbeit für nichts mehr Zeit hätte!"

"Wie gehen die Kinder damit um, dass du so beschäftigt bist und wenig Zeit für sie hast?"

"Machst du Witze?", fragte Esther. "Mit ihrer neumodischen Technik, den sozialen Medien, ihren Freunden und Estelle, die sich um ihr leibliches Wohl sorgt, fühle ich mich wie das fünfte Rad am Wagen. Sie schauen sogar überrascht und verwirrt drein, wenn ich einmal rechtzeitig zum Essen zuhause bin oder es zu einem ihrer Spiele oder Theaterstücke in die Schule schaffe."

"Ironie des Schicksals, oder? Du hast dein Unternehmen eröffnet, damit du bei deinen Kindern sein könntest, aber jetzt bist du weniger zuhause. Dieselben Kinder, die sich beschwert haben, dass du arbeiten gehst und nicht da bist, wenn sie nach Hause kommen, sind jetzt selbst nie zuhause!"

"Versteh mich nicht falsch", sagte Esther. "Ich bereue es nicht, mein Unternehmen eröffnet zu haben. Und ich bereue es nicht, dass ich weiter beim Gericht arbeite. Ich habe ein Arrangement getroffen, langsam meine Arbeitszeit dort zu verringern, damit ich mich vermehrt meinem Beratungsunternehmen widmen kann."

"Und du bist sicher froh, dass Estelle da ist, um zuhause einzuspringen", merkte Sarah an.

"Ich hätte das ohne deine Führung und Estelles Unterstützung niemals geschafft", sagte Esther. "Ich werde euch das nie zurückzahlen können."

"Gib es einfach weiter, Schatz. Irgendwann wirst du jemanden treffen, der Hilfe braucht. Du wirst da sein, um sie ihm zu geben."

"In gewisser Weise mache ich das schon. Die örtliche Stelle des Nationalen Frauenwirtschaftsrates hat mich gebeten mit einer Frau zu sprechen, die den Weg in die Selbstständigkeit wagen will."

"Das ist ja fantastisch, Esther. Gut für dich. Du bist die perfekte Person für diese Aufgabe."

"Ich bin froh, dass du das sagst, Sarah, weil wir im September eine Konferenz haben werden und ich hätte dich dort gerne als Hauptrednerin."

"Wie kann ich das ablehnen?", sagte Sarah gutmütig.

"Das kannst du wirklich nicht", erwiderte Esther. "Sie wollten die Konferenz im April abhalten, aber ich sagte ihnen, dass das nicht möglich ist, weil da gerade Ablammsaison ist!"

"Ich wette, das hat sie verwirrt."

So ist es. Sie denken darüber nach, mich in die Irrenanstalt einliefern zu lassen, also nimm bitte ein paar Fotos für deine Rede mit!"

Kapitel Vierundzwanzig

„Es" weitergeben

„Bei der Reise des Lebens…geht es nicht um das Ziel, sondern um die Reise. Es ist das Leben, welches wir vor unserem Tod leben, auf das es ankommt. Es sind die kleinen Dinge, die wir füreinander tun, die am Ende am meisten bedeuten."

Maryedna Yamber

"Wir haben mit dem Caterer gesprochen und arrangiert, dass seine Belegschaft uns zwei Aperitifs und Cocktails auf dem Grundstück serviert", verkündete Clarice.

"Check!", antwortete Estelle. "Und Nina hat mit Sheila ausgemacht, dass der Florist zu Mittag die Dekoration für die Tische anliefert."

"David ist gerade mit den letzten Handgriffen in Sarahs Garten fertig", gab Clarice bekannt und strich den Punkt von der langen Liste auf der weißen Tafel.

"Cathy hat die Zeltfirma kontaktiert, sie werden das Zelt in der Nacht davor aufstellen. David wird dabei aufpassen, dass nicht ein einziger Grashalm gekrümmt wird", sagte Estelle. "Die armen Jungs! Der Mann ist unglaublich pingelig mit seinen Gärten!"

"Sheila hat Sarah mit zum Shoppen genommen und ihr ein neues Kleid gekauft. Sie hat sie sogar zu neuen Schuhen, neuer

Unterwäsche, einem neuen Haarschnitt und einer Maniküre überreden können."

"Huuiii!" hauchte Estelle. "Wir werden unser altes Mädchen gar nicht mehr wiedererkennen!"

"Lydias Sohn Troy hat sich per Skype mit Sheilas Sohn Matthew und Ninas Sohn Grady in Verbindung gesetzt", fügte Clarice hinzu. "Sie haben eine Art Powerpoint-Präsentation zusammengestellt. Ich habe keine Ahnung was das bedeutet, aber diese Kids sind ja Computerexperten. Ich bin sicher, dass es fantastisch wird", versicherte Clarice Estelle.

"Mal sehen. Was fehlt noch auf der Liste?"

"Cathy ist für das Geschenk zuständig. Sarah meinte, dass die Party das einzige Geschenk ist, das sie sich wünscht. Aber Cathy beharrte darauf, dass sie etwas wüsste, was Sarah niemals ablehnen würde."

"Weißt du, was es ist?", fragte Estelle

"Weißt du noch, als wir auf der Veranda von Sarahs Haus saßen und auf die Tetons in der Ferne geblickt haben?"

"Natürlich", sagte Estelle mit einem liebevollen Lächeln. "Ich glaube, jeder von uns hat schon für sich wichtige Zeit damit verbracht, auf diesen Schaukelstühlen auf der Veranda zu sitzen und die Landschaft im Lauf der Sonne zu betrachten."

"Richtig!", sagte Clarice. "Ich weiß noch, als ich mir über Lydias Entscheidung, ihren Job aufzugeben, um bei den Kindern zu bleiben, den Kopf zerbrach."

"Und ich weiß noch, wie ich mich über Esthers Entscheidung geärgert habe, ihr eigenes Unternehmen zu gründen und damit die Sicherheit und den Verdienst ihres Jobs als Gerichtsstenograf aufzugeben."

"Nina hat dort viele vertrauliche Gespräche mit Sarah geführt, bevor sie gegangen ist und sich in ihrem gemütlichen kleinen Haus niedergelassen hat", berichtete Clarice.

"Ich weiß, dass sie sich immer noch hie und da eine Weile zu Sarah auf die Veranda setzt, wenn sie nach der Arbeit Grady abholen kommt", stimmte Estelle zu.

"Die alte Veranda mit ihrem Mörderausblick hat schon einen Haufen Leute gesehen, die Rat bei unserer Sarah gesucht haben", seufzte Clarice.

"Ich frage mich, wo Sarah sich früher mit ihren Jungs getroffen hat?", überlegte Estelle.

"Ich bin sicher, dass sie das auch hier getan hat! Es ist einfach ein passender Ort, um wichtige Dinge zu besprechen."

"Wäre es nicht lustig, ihre Familie kennenzulernen?", schwärme Estelle. "Ich bin sicher, dass sie großartige Jungs sind. Sarah ist immerhin ein so inspirierendes Vorbild."

"Ich hoffe, dass du recht hast. Ich habe jedoch die Erfahrung gemacht, dass Vertrautheit oft die Wurzel für Ablehnung ist. Wenn ich meinen Kindern einen Vorschlag machte, wurde er oft abgelehnt, weil ich nur die nervige Mutter war. Wenn sie das gleiche von einem Lehrer, einem Arzt oder einem Anwalt gehört hätten, wäre es für sie ein weiser Rat gewesen. Das ist der Fluch, wenn man ein Elternteil ist – besonders der einer Mutter, die zuhause bleibt. Es ist fast, als ob wir unsere Gehirne an der Tür abgegeben hätten, als wir die Arbeit aufgegeben haben."

"Das stimmt. Meine Kinder haben immer dem Urteilsvermögen ihrer Freunde vertraut – das waren Leute, die so wenig Lebenserfahrung wie sie selbst hatten. Aber ihre Eltern? Wir haben natürlich keine Ahnung gehabt, bis diese Kinder einundzwanzig wurden – oder irgendwas von uns gebraucht haben. Plötzlich waren wir lebensnotwendig."

"Wie sind wir denn jetzt zu diesem Thema gekommen?", fragte Clarice.

"Ich meinte, dass Sarahs Jungs sie als großartiges Vorbild sehen müssten", erwiderte Estelle.

"Ach ja! Natürlich. Das Thema hat bei mir einen sensiblen Punkt berührt. Tut mir leid."

"Unsinn. Du hast mir nur erzählt, wie du dich fühlst. Das kann ich voll und ganz nachvollziehen."

"Wir haben viel gemeinsam, nicht wahr Estelle?", bemerkte Clarice.

"Für Menschen, die nicht in den gleichen sozialen Kreisen verkehren? Ja Clarice, das haben wir wohl. Durch die Zeit, die wir gemeinsam mit der Planung von Sarahs Geburtstagsparty verbracht haben, haben wir uns näher kennengelernt."

"Es hat uns auch die Möglichkeit gegeben, über unsere Kinder zu reden und in den alten Zeiten zu schwelgen, als wir noch jung waren. Meine Kinder hassen es, wenn ich das tue.

"Okay", sagte Estelle. "Werfen wir einen letzten Blick auf unsere Liste. Übrigens, hast du vor, die auch mit nach Wyoming zu nehmen?"

"Oh! Bei Gott, nein! Ich werde sie mit meinem Handy fotografieren. Mein Enkel hat mir gezeigt, wie das geht. Es fühlte sich für ihn sehr wichtig an, seiner Oma etwas Neues beizubringen."

"Gut, dass du mich erinnerst", meinte Estelle. "Fotos!"

"Ich bin dir weit voraus, alte Freundin. Das liegt in Cathys Verantwortung. Sie hat ein paar der Kinder dafür angeheuert. Um die Fotos hat sie sich gekümmert."

"Und die Torte?"

"Der Caterer wird sie dort machen lassen. Ich wollte meinen Bäcker dafür nehmen, aber eine Torte den ganzen Weg nach Wyoming zu transportieren, schien töricht. Was, wenn auf dem Weg ein Torten-Malheur geschieht?"

"Sehr weiser Einfall!" stimmte Estelle zu.

"Nina meint, dass dieser Konditor fantastische Arbeit bei allen Geburtstagstorten von Grady geleistet hat. Er wird eine Schaf-Torte backen.

"Was für eine kreative Idee, Clarice!"

"Ja. Oder? Ich würde gerne sagen, es wäre meine, aber sie kam von Grady. Er sagt, dass er Großmutter Sarah am nächsten steht und deshalb weiß, was ihr gefallen wird."

"Sarah hat die seltene Gabe, jeden von uns so fühlen zu lassen, dass er ihr am nächsten steht, dennoch schafft sie es gleichzeitig, ihre eigenen Geheimnisse zu behüten. "

"Als eine weibliche Schafzüchterin in einer Männerdomäne muss sie das wohl", meinte Estelle.

"Man muss sich vorstellen, welche Herausforderungen das mit sich bringt!"

"Sarah hat mir einmal erzählt, dass die Männer im Vergleich zu ihren Frauen ein Klacks waren. Männer unterstützen einen entweder völlig oder gar nicht. Frauen hingegen sind subversiv nicht-unterstützend."

"Ich habe diese Praxis schon in der Arbeit, in sozialen Kreisen und sogar in Familien gesehen", bemerkte Estelle. "Was glaubst du, ist die Ursache dafür?"

"Sarah und ich haben schon darüber diskutiert. Sie ist überzeugt, dass es nur einen kleinen Teil des Kuchens gibt, auf den Frauen eine Chance haben. Als Konsequenz kämpfen sie erbittert gegeneinander um dieses eine Stück Kuchen, während sich die Männer da draußen gegenseitig um den großen Rest gegenseitig unterstützen."

"Ist das in der heutigen Welt nicht antiquiertes Denken? Sieh dir nur deine Lydia an!" gab Estelle zu bedenken.

"Lydia hat sehr viel Gutes getan", stimmte Clarice zu. "Aber dabei dürfen wir einige Dinge nicht übersehen. Sowohl Lydias Vater als auch ihr Mann sind in Rechtsberufen tätig. Wie sehr hat das ihrem Aufstieg geholfen – oder behindert? Und zweitens: Lydia hat bei ihrer Kanzlei wunderbare Mentoren. Ganz zufällig sind das alles Männer. Lydia meint, dass Frauen die in ihrem Beruf aufsteigen, sich nicht gegenseitig helfen."

"Nina sagt das Gleiche über das Gesundheitswesen. Ihre größten Lehrer waren ebenfalls Männer", sagte Estelle. "Und auch Sheilas wichtige Unterstützer sind Männer gewesen – jetzt, wo ich darüber nachdenke!"

"Sarah hat Lydia einmal ein interessantes Buch zum Lesen gegeben. Es heißt *Mean Girls, Meaner Women*. Die Autorin heißt Dr. Erica Holiday. Das Buch erläutert, wie Frauen unsichtbare, negative Dynamiken zwischen Frauen identifizieren und darauf reagieren können. Die Autorin bringt das Argument, dass Frauen sich wichtig und geschätzt fühlen, wenn sie einander nicht unterstützen. Das Buch beleuchtet verschiedene doppelte Bindungen, die Frauen erfahren und wie sie dazu neigen, gesellschaftliche Normen, Erwartungen über Geschlechterrollen und andere zwischenmenschliche und soziale Zwänge zu etablieren. *Mean Girls, Meaner Women* bringt Mädchen und Frauen auf eine Entdeckung ihrer eigenen Erfahrungen. Es enthüllt verdeckte Wahrheiten über ihr Leben. Am wichtigsten aber stellt es den Leserinnen die Werkzeuge zur Verfügung, um ihr Verhalten und ihre Beziehungen miteinander zu verbessern. Eltern müssen erkennen, dass die Gesellschaft junge Mädchen mit Botschaften bombardiert, die ihnen mitteilen, wie sie sich zu verhalten haben, wie sie andere Menschen zu beurteilen haben und wie sie auf dem Rücken anderer Frauen nach vorne kommen können."

"Ich würde das Buch gern lesen", meinte Estelle. "Jedes Mal, wenn ich eine dieser Reality-TV- Sendungen sehe, die heutzutage auf jedem Sender ausgestrahlt werden, frage ich mich, welche Wirkung sie auf junge Mädchen haben. Ich weiß zumindest, dass meine Enkel ständig vor solchen Sendungen kleben!"

"Es öffnet einem die Augen, nicht wahr", stimmte Clarice zu.

"Nun, alte Freundin, es war mir eine Freude, mit dir an diesem Projekt zu arbeiten!"

"Ich kann es kaum erwarten, bis es endlich soweit ist", stimmte Estelle ein.

"Wir haben alles Mögliche getan, um Leute aus drei verschiedenen Staaten zu koordinieren. Was auch immer jetzt passiert, wir haben unser Bestes gegeben."

"Sarah verdient es, nach allem, was sie für uns getan hat."

"Sarah hat ein weites Netz gesponnen, nicht wahr?", stimmte Clarice zu. "Ich hoffe, dass ich nur einen kleinen Teil der treuen Freunde von Sarah habe."

"Mit dem Organisationstalent, das du hast, und den vielen Projekten, an denen du teilnimmst, bin ich sicher, dass du mehr Freunde und Bewunderer hast, als du dir vorstellst", sagte Estelle.

"Danke Estelle", erwiderte Clarice und umarmte sie. "Ich habe immer gehofft, dass das wahr ist. Mir gefällt etwas, das ich einmal von Hope Solo gelesen habe:

„Eines, das ich durch all diese Höhen und Tiefen gelernt habe, ist, dass man eine Gruppe von Personen um sich versammelt, wenn man die Dinge richtig macht. Nicht bloß eine kleine Gruppe

von Freunden und Kumpeln, sondern eine Gruppe von Menschen, die einen guten Einfluss auf einen haben, die man respektiert und bewundert, und von denen man weiß, dass sie zu einem stehen. Wenn man das hat, hat man etwas richtig gemacht."

"Dann, meine Freundin, machst du etwas richtig", rief Estelle. "Wir sehen uns auf der Party!"

"Ich kann es kaum mehr erwarten", sagte Clarice lachend. "Ich frage mich, ob sich jeder schon so besessen wie ich damit beschäftigt hat, was er anziehen soll?"

"Wahrscheinlich", meinte Estelle. "Wir wollen doch alle so gut wie möglich aussehen, wenn wir die Familien unserer Freunde treffen."

Kapitel Fünfundzwanzig

Geh mit mir und sei mein Freund

"War das nicht eine wundervolle Party?", fragte Nina, als sie sich am Tag nach Sarahs Geburtstagsfeier auf die Veranda setzte. "Estelle, Clarice, ich ziehe meinen Hut vor euch. Ihr zwei solltet gemeinsam ins Event - Business einsteigen!"

"Ja, Mom", stimmte Lydia zu. "Alles lief wie eine gut geölte Maschine."

"Danke", sagte Clarice. "Aber jeder von euch hatte seine Aufgabe zu verrichten und ihr habt es alle präzise, zuverlässig und mit viel Humor erfüllt!"

"Wo wir schon bei gutem Humor sind, wo ist unser Geburtstagskind heute Morgen?", fragte Estelle.

"Sie sagte, sie wollte heute ausschlafen", verkündete Nina. "In ihrem Alter, hat sie beharrt, hat sie den Schlaf verdient."

"Glaubt ihr, sie hat die Zeit genossen?", fragte Sheila.

"Machst du Witze?", fragte Lydia. "Hast du ihr Gesicht gesehen, als die Kinder ihre Powerpoint abspielten?"

"Wenn du noch zweifelst", fügte Cathy hinzu, "dann warte nur, bis du die Fotos siehst, die Jill und ich gemacht haben."

"Jill hat es wirklich gut aufgenommen, dass sie arbeiten musste, statt bei der Party zu sein, Cathy", bemerkte Clarice.

"Wir mögen sie alle", sagte Esther. "Wo ist Jill heute Morgen?"

"Danke, Esther. Jill hat euch auch alle gemocht", antwortete Cathy. "Die Wahrheit ist: Jill war erfreut, dass sie etwas zu arbeiten hatte, weil sie hier fast

niemanden kennt. Sie hat sich entschieden, heute auszuschlafen. Sie arbeitet die ganze Nacht, aber sie bevorzugt es lange zu schlafen. Außerdem wollte sie die Möglichkeit haben, mit uns zusammenzukommen

– nur mit uns."

"David hat dasselbe gesagt", gab Sheila zu. "Er, Bryan und der Richter, haben alle Kinder zum Frühstück zu McDonald's gefahren. Danach wollen sie noch zum Zoo. Auf dem Weg dorthin wollen sie die kleine Claire zuhause abliefern."

"Die Torte war perfekt", fügte Esther hinzu. "Sag Grady, dass er ein Genie ist, Nina."

"Sie ist ziemlich gut geworden, nicht wahr?", gab Nina stolz von sich. "Und der Garten war einfach wunderschön, Sheila. Sag David, dass ich davon träume, dass er den Garten um mein Haus veredeln soll, sobald ich das nötige Geld zusammen habe."

"Hey! Was habt ihr alle vom Geschenk von den Rinderzüchtern für Sarah gehalten?", frage Lydia.

212

"Ich fand, dass es sehr gut zeigte, mit welcher Hochachtung sie sie alle schätzen", bemerkte Esther.

"Ich wäre so gern dabei gewesen, als diese Rancher in die Werkstatt des Bildhauers marschiert sind und eine 1,80 großes Marmorschaf bestellt haben."

"Eigentlich", gab Cathy zu, "sind die Rancher mit dieser Idee zu mir gekommen. Eine der Frauen hatte es vorgeschlagen. Das hat mich fast umgelegt, wo doch die Frauen Sarah gegenüber eher distanziert und abweisend waren."

"Nun, das scheinen sie nun wirklich überwunden zu haben", sagte Nina und lachte. "Diese Darbietung einer Schafspaarung, die sie abgeliefert haben? Ich habe vom Lachen Seitenstechen bekommen!"

"Das Lied der Kinder war auch unglaublich süß", sagte Cathy. "Die Kleinen haben sie stolz gemacht."

"Cathy, du weißt, dass die Kinder sich von deiner schroffen Art nach außen hin nicht täuschen lassen. Sie wissen, dass du sie liebst, und sie verehren dich!"

"Mmpffh!", sagte Cathy in vorgetäuschter Abneigung. "Ich glaube, meine Attraktivität wurde von Slim noch überboten."

"Hat er nicht großartige Arbeit geleistet, die Kinder zu amüsieren?", sagte Lydia. "Troy liebt es einfach, Zeit mit ihm zu verbringen."

"Genau wie Matthew und Emily", stimmte Sheila zu.

"Grady macht sich nach der Schule bei jeder Möglichkeit auf zu Sarahs Haus", gab Nina bekannt. "Ich glaube, er ist fast ein bisschen enttäuscht, wenn ich nachts nicht arbeite."

"Was gibt es bei dir Neues, Cathy?", fragte Nina.

"Ich habe eine neue Ausstellung in einer renommierten Kunstgalerie, Lydia und Clarice sei Dank", sagte Cathy. "Ich hoffe auf euer aller Kommen. Alle Bilder in dieser Ausstellung sind von der Ranch."

"Du darfst wetten, dass wir da sein werden", sagte Nina. "Darf Grady auch kommen?"

"Natürlich. Ich glaube, dass Grady und ich einige Überraschungen für dich bereithalten werden", sagte Cathy geheimnisvoll.

"Oh", sagte Nina. "Sag's mir!"

"Nö!", weigerte sich Nina. "Das ist Gradys Überraschung."

"Wie läuft dein Innenarchitekturgeschäft, Sheila?", fragte Esther.

"David und ich haben offiziell eine Partnerschaft angemeldet", gab Sheila bekannt. "Wir nennen sie *Inside Out*."

Das sind tolle Neuigkeiten!", sagte Lydia.

"Wir sind kurz davor, das Geschäft zu eröffnen", sagte Sheila. "Wir hoffen natürlich, dass ihr alle zur großen Eröffnung kommen werdet."

"Also ist es ein Familienunternehmen?", fragte Esther.

"Das ist es in der Tat", stimmte Sheila zu. "Emily ist die Büroleiterin. Sie macht sich großartig in der Betreuung von Kunden. Sie sagt, dass sie das schon macht, seit sie alt genug war, ans Telefon zu gehen, und es wurde schon höchste Zeit, dass sie dafür bezahlt wird."

"Was ist mit dir, Esther?", fragte Cathy. "Du hast wenig über deinen Neuanfang erzählt. Wie läuft es?"

"Zuerst dachte ich, ich hätte den Verstand verloren", gab Esther zu. "Ich begann das Unternehmen mit der Hoffnung, meinen Traum zu realisieren, zuhause bei den Kindern zu bleiben. Doch statt, dass ich nur zu einer bestimmten Zeit in der Arbeit war, war ich nun nie mehr zuhause, weil ich nach der Arbeit und an den Wochenenden an meinem Unternehmen arbeiten musste. Estelle zog bei uns ein und hat dort das Ruder übernommen. Ich habe keine Ahnung, wie ich ohne sie überlebt hätte."

"So machen das Familien, Liebes, sie unterstützen die Leute, die sie lieben", erwiderte Estelle.

"Das wäre mir nicht aufgefallen", sagte Cathy.

"Mir auch nicht", stimmte Nina zu. "Ihr alle habt mich viel mehr unterstützt als meine biologischen Verwandten."

"Das stimmt", sagte Cathy nickend. "Du bist Teil unserer Familie und deine bedingungslose Hilfe hat uns viel bedeutet."

"Ich habe euch gerne unterstützt. Es hat mir geholfen, mich wieder nützlich zu fühlen", sagte Estelle.

"Also habe ich monatelang tagsüber gearbeitet und am Abend mein Unternehmen aufgebaut. Später konnte ich dann mittwochs freinehmen und hatte auch am Wochenende wieder mehr Zeit. Leider hatten die Kinder zu diesem Zeitpunkt schon ein Alter erreicht, in dem es ihnen egal war, was ich machte – solange das Geld weiter floss."

"Ich weiß was du meinst", stimmte Lydia zu.

"Und jetzt arbeite ich zeitweise im Gericht und daneben führe ich mein Unternehmen. Ein Freund hat mir zu einem attraktiven Preis ein sehr interessantes Büro angeboten, also überlege ich, aus meinem Keller auszuziehen und in ein richtiges Büro zu übersiedeln. Es ist ein großer Schritt für mich, also bin ich etwas nervös."

"Schön für dich!", sagte Sheila, während die anderen applaudierten.

"Esther vergaß zu erwähnen, warum ihr Freund ihr so ein gutes Angebot macht", sagte Estelle grinsend.

"Wir sind nur Freunde", betonte Esther. "Ich bin noch nicht bereit, den nächsten Schritt zu machen", gab sie zu.

"Du wirst wissen, wenn es soweit ist", stimmte Estelle zu. "Darryl würde wollen, dass du und die Kids weitermachen."

"Danke, Estelle", sagte Esther. "Deine Hilfe bedeutet für mich die Welt!"

"Was ist mit dir, Nina?", fragte Estelle.

"Naja, ich gehe jetzt wieder zur Schule – dank Sarahs Drängen", gab Nina bekannt.

"Ja", scherzte Cathy, "wir haben alle schon Sarahs sanftes Anstoßen erlebt. Ich spüre immer noch den Abdruck ihres Schuhs auf meinem Allerwertesten!"

"Clarice, du warst bisher so still", sagte Sheila.

"Nun, ich sitze hier und überlege die ganze Zeit, was ich euch erzählen soll. Es war für mich und den Richter ein interessantes und auch aufregendes Jahr. Nach all den Jahren, in denen ich mein und er sein Ding durchgezogen haben, haben uns die Umstände wieder zusammengebracht. Troy bei uns zu haben, hat den Richter dazu gebracht, sein Arbeitspensum etwas zu reduzieren. Ich hatte schon fast vergessen, was für ein großartiger Vater er war. Oder vielleicht sollte ich sagen, dass ich überrascht war, welch großartiges Potential er als Großvater hat."

"Das trifft es besser", sagte Lydia. "Er war ein kaum anwesender Vater...aber er hat es ermöglicht, dass du immer bei uns warst. Jeden Tag bist du jetzt für unsere Kinder da. Ich danke meinen Glückssternen – und bereue meine bösen Äußerungen, die ich über dich als Hausfrau gemacht habe. Bitte vergib mir, Mom!"

"Eigentlich gibt es sogar eine Möglichkeit, diese Anmerkungen wiedergutzumachen, Liebes. Der Richter und ich haben entschieden, dass weder deine Wohnung noch unser Haus ideal für die Kinder sind. Deshalb haben wir außerhalb von New York City ein

Grundstück erworben, gleich in der Nähe der Bahn. Du und Bryan könnt in der gleichen Zeit zur Arbeit fahren wie jetzt – ohne euch mit dem Autofahren in der Stadt herumplagen zu müssen. Der Grund ist zehn Morgen groß. Dort steht ein Haus mit vier Schlafzimmern und noch ein Gästehaus. Es gibt Platz für einen Garten und es gibt sogar einen Stall, damit die Kinder Ponys haben können. Es gibt noch einen Pool und mehrere Tennisplätze. Das Gästehaus ist perfekt für den Richter und mich. Auch sein Weg zur Arbeit ist unkompliziert, wenn er wirklich weiterarbeiten will. Bitte versprich mir, dass ihr es euch ansehen werdet, Schatz", bat sie Clarice.

"Was meint Bryan dazu?", fragte Lydia.

"Warum glaubst du, dass wir das schon mit Bryan besprochen haben?", fragte Clarice unschuldig.

"Vielleicht weil ihr sicherstellen wolltet, dass die Stimmen 3 zu 1 stehen?"

"Der Richter hat es vielleicht flüchtig vor Bryan erwähnt."

"Sicher", merkte Lydia an. "Mom, ich werde nichts sagen, bevor Bryan und ich darüber gesprochen haben!"

"Dann werdet ihr darüber nachdenken? Na wunderbar!"

"Da es ja praktisch auf dem Weg nach Hause liegt, werden wir auf dem Rückweg mal vorbeischauen", gab Cathy bekannt.

"Warum habe ich das Gefühl, dass die Entscheidung längst getroffen wurde?", murrte Lydia verträglich.

"Du sollst wissen, dass dieses ganze Unterfangen ein kräftiger Schub für unsere Beziehung war, Lydia. Der Richter und ich hatten so viel Spaß bei der Planung. Wie freuen uns so sehr auf die Zeit mit den Kindern. Wir werden uns um das Essen kümmern und das Haus hüten, während ihr arbeiten seid."

"Na großartig! Werdet ihr mir das Mittagessen einpacken?", fragte Lydia.

"Sei nicht albern, Schatz. Das kannst du dir selbst einpacken!"

Alle auf der Veranda lachten.

"Wo sind Jill und Sarah?", fragte Lydia.

"Gehen wir doch und werfen wir sie aus dem Bett!", schlug Esther vor. "Warum sollten sie den ganzen Spaß versäumen? Das ist unser letzter Tag hier. Wir sollten alle zusammen sein."

"Komm schon, Esther", sagte Clarice. "Ich bin ein Naturtalent darin, Faulenzer aus dem Bett zu holen."

"Gott hilf ihnen!", murmelte Lydia.

Und so gingen Esther und Clarice von dannen. Sheila schenkte gerade allen Kaffee nach, als ein schriller Schrei zu hören war.

"Nina! Komm schnell! Es ist Sarah!", schrie Esther.

Blitzartig setzte jeder seine Tasse ab und rannte zu den Stiegen. Sie fanden Sarahs zierlichen Körper in einer zusammengekauerten Stellung am Boden des Badezimmers.

Nina ergriff schnell Sarahs Handgelenk. "Ihr Puls ist sehr schwach", sagte sie.

"Sie hat eine Menge Blut verloren", bemerkte Lydia.

"Da ist eine Verletzung auf ihrem Kopf", sagte Cathy. "Sie muss im Fallen das Waschbecken getroffen haben."

"Ruft bitte einen Krankenwagen", sagte Nina. "Sagt ihnen Trauma, niedriger Blutdruck, großer Blutverlust und Verdacht auf Schock", fügte sie hinzu.

"Mache ich", rief Cathy und eilte zum nächsten Telefon.

"Hier sind Decken, um sie warm zu halten und ein Kissen, um ihren Kopf hochzulagern. Ich habe auch Kompressen dabei, um die Blutung am Kopf zu stoppen", sagte Estelle mit hastiger Stimme.

Die anderen schauten sie erstaunt an. "Was ist?", fragte Estelle.

"Woher weißt du das alles?", fragte Esther erstaunt.

"Hockey-Mom", antwortete Estelle.

"Wow!", rief Esther. "Jetzt fühl ich mich noch sicherer, dir meine Kinder anzuvertrauen!"

***

Der Krankenwagen war in fünf Minuten da. Kompetente Sanitäter legten Sarah schnell und sanft auf eine Trage. Nina stieg in den Krankenwagen, nachdem sie letzte Instruktionen gegeben hatte, auf Grady aufzupassen und Sarahs Kinder anzurufen.

"Ich fühle mich schrecklich", sagte Lydia. "Während wir hier unten herumgespaßt und Kaffee getrunken haben, lag Sarah hier auf dem kalten Marmorboden und blutete."

"Selbst, wenn sie nach Hilfe gerufen hätte, hätten wir sie nicht gehört", heulte Esther.

"Was, wenn sie stirbt?", flüsterte Clarice.

"Oh, hört auf euch selbst zu quälen", erklang eine Stimme aus der Küche. "Ich war die ganze Zeit oben und habe nichts gehört", sagte Jill.

"Du sagst das nicht nur, damit wir uns besser fühlen, oder?", fragte Cathy.

"Wann habt ihr jemals erlebt, dass ich etwas beschönige?", fragte Jill.

Cathy dachte darüber einen Moment nach und wandte sich danach an die anderen. "Jill sagt immer die Wahrheit."

"Wir können hier nicht einfach herumsitzen", sagte Clarice.

"Das ist wahr", sagte Estelle. "Fahren wir ins Krankenhaus."

"Aber was ist mit Grady?", fragte Cathy. "Nina sagte, wir sollen auf ihn aufpassen."

"Ich rufe Bryan an und erkläre ihm die Situation", schlug Lydia vor. "Ich werde ihm sagen, dass er Claire nach dem Essen nicht heimbringen soll."

"Aber schaffen sie das überhaupt, den Zoo mit all den Kids und auf das Baby aufpassen?", zweifelte Cathy skeptisch.

"Wenn sie statt Männern Frauen wären, würdest du dir diese Frage dann immer noch stellen?", fragte Sheila.

"Du hast natürlich recht", sagte Cathy. "Wie sexistisch von mir, so etwas anzunehmen."

"Wir sind fertig", gab Lydia bekannt. "Claire schläft in ihrem Kinderwagen und die Jungs sind sogar noch wegen Windeln und Milch stehengeblieben."

"Gehen wir!", sagte Cathy.

"Ich kann fahren", sagte Lydia. "Ich habe einen Van."

***

"Warum haben wir immer noch nichts gehört?", fragte Clarice, als sie das Wartezimmer auf- und abmarschierte. Wir sind jetzt schon Stunden hier!"

"Nicht so lang, wie es sich anfühlt, Mom", beruhigte Lydia.

"Du weißt, dass Warten nicht meine Stärke ist", erwiderte Clarice.

"Ich kann mich an einige Momente beim Sport erinnern, als du Symptome der Ungeduld gezeigt hast", merkte Lydia trocken an.

"Da ist Nina", sagte Esther.

"Ich wusste, dass ihr alle kommen und mein Wartezimmer durcheinanderbringen würdet", sagte Nina. "Wer passt auf Grady auf?"

"Die Männer kümmern sich um ihn", sagte Lydia. "Wie geht es Sarah? "

"Sie ruht sich aus", sagte Nina. "Die Ärzte wollen noch ein paar Tests machen, aber sie sind der Ansicht, sie wird einen Herzschrittmacher brauchen."

"Ist das etwas Ernstes?", fragte Sheila mit finsterem Blick.

"Nicht besonders, wenn es richtig behandelt wird", sagte Clarice. "Der Richter hat schon seit Jahren einen."

"So ist es, und es geht ihm gut", sagte Lydia.

"Also, wann können wir sie sehen?", fragte Cathy.

"Sie ruht sich gerade aus", sagte Nina. "Aber ihr könnt kurz bei ihr reinschauen, bevor ihr geht. Ich habe dem Arzt gesagt, ihr würdet hier Chaos anrichten, bevor ihr sie nicht sehen dürft."

"So ist es!", sagte Sheila. "Absolut!", stimmte Esther zu.

Eine nach der anderen kamen die Frauen auf Zehenspitzen in das Krankenzimmer, gaben Sarah einen Kuss und flüsterten ihr Worte der Liebe und Unterstützung zu.

"Wag es ja nicht, zu sterben, Liebes", flüsterte Lydia. "Ohne dich wären wir verloren."

"Matthew und Emily schicken dir ihre Liebe", sagte Esther leise. "Troy und die kleine Claire warten mit ihren Umarmungen auf dich."

"Bryan ist erpicht darauf, dir die Pläne für einen neuen Rosengarten vor deinem Schlafzimmerfenster zu zeigen. Er will mit dir reden, sobald du wieder zuhause bist."

"Ruh dich aus", sagte Nina und tätschelte Sarahs Hand. "Ich werde wieder nach dir sehen, sobald ich diese Frauen ihrer Wege geschickt habe."

Estelle war die letzte, die hereinkam. "Danke, dass du mich unter deine Fittiche genommen hast, meine Freundin. Es war mir eine Freude und auch eine Ehre, dich gekannt zu haben. Mach dir keine Sorgen um die Mädels. Ich kümmere mich schon um sie. Kümmere du dich um dich selbst." Sie drückte noch einmal Sarahs Hand und ging.

„Das Leben wartet viele schwierige Entscheidungen für uns auf, und andere Leute können uns dabei mehr helfen, als uns vielleicht klar ist. Wir glauben oft, dass wir die schwierigen Entscheidungen nur nach unserer eigenen Einschätzung treffen müssen. Was sind die Vorteile und Nachteile? Was sagt mir mein Bauchgefühl? Aber oft haben wir auch Freunde und Familie, die uns in vieler Hinsicht besser kennen als wir uns selbst kennen."

Sheena Iyengar